鲁迅 著

阎晶明 主编

想鲁迅

鲁迅小全集

江苏凤凰文艺出版社

图书在版编目（CIP）数据

思想鲁迅 / 鲁迅著；阎晶明主编. -- 南京：江苏凤凰文艺出版社，2025.7. --（鲁迅小全集）. -- ISBN 978-7-5594-9820-5

Ⅰ. I210.4

中国国家版本馆CIP数据核字第2025DQ5235号

思想鲁迅

鲁迅 著　阎晶明 主编

出版人	张在健
出版统筹	李 黎
责任编辑	李珊珊
特约编辑	王晓彤
责任印制	杨 丹
出版发行	江苏凤凰文艺出版社
	南京市中央路165号，邮编：210009
网　址	http://www.jswenyi.com
印　刷	南京新世纪联盟印务有限公司
开　本	787毫米×1092毫米　1/32
印　张	7.375
字　数	110千字
版　次	2025年7月第1版
印　次	2025年7月第1次印刷
书　号	ISBN 978-7-5594-9820-5
定　价	178.00元（全6册）

江苏凤凰文艺版图书凡印刷、装订错误，可向出版社调换，联系电话 025-83280257

我们完全可以说,杂文是鲁迅独创的文体。这种文体广义上可以归于散文,寻根也可视作小品文,向外又可以联系随笔。但只要说到鲁迅所写的,那就必须叫杂文。因为这其中的意指,不仅是文章体式的分类,更含有对内质的评价。战斗的、犀利的,针对个体的批判又指向全体,对类型化的针砭又充满个性化表达。绝不是泛泛的议论,也并非发泄一己之私恨,多有今人喜欢的"金句",其实是因为血管里流出来的总是血。总有诗化的语言、气势,那也实在是战斗中展现出的英姿。它们因此又是文学的,而且非常艺术。

鲁迅曾不止一次表达过,假若自己所批判的世相没有了,文章也因此速朽,那倒是一种欣慰;如果相反,则是一种悲哀。然而我们说,他借以论说的人和事,其实早已成过眼烟云,但那种超越时空的品质,不拘于一时一事的嬉笑怒骂,很难过时,而只会让人感慨"共时"与"共性"。阅读鲁迅杂文,既可以了解当时的某段历史,也可以体悟身边的世相。

这就是"鲁迅还在"的原因。

鲁迅杂文体量庞大,光彩闪烁。编者以瞿秋白编过的《鲁迅杂感选集》为底本和依据,再结合编者从思想上、艺术上所得的认知,再根据篇幅的规模,选编出如所读到的两册。本册名为"思想鲁迅",当然不可能是对鲁迅思想的全面体现。而是更集中于鲁迅杂文中对国民性的揭示,对社会现象的批判,从而见出鲁迅思想的革命性和实践性。他的思想不是理论空转,而是直面现实的结果,因此才能让不同时代、不同阶层的读者形成并保持共同的认知:鲁迅杂文是匕首,是投枪。

目 录

我之节烈观　001

娜拉走后怎样

——一九二三年十二月二十六日在北京女子高等师范学校文艺会讲　018

再论雷锋塔的倒掉　029

看镜有感　036

春末闲谈　043

论睁了眼看　051

随感录三十八　059

随感录四十　065

随感录四十一　069

随感录五十七　现在的屠杀者　073

随感录五十九　"圣武"　075

随感录六十六　生命的路　080

论辩的魂灵　082

牺牲谟

——"鬼画符"失敬失敬章第十三　086

学界的三魂　093

灯下漫笔 098

记谈话 111

黄花节的杂感 120

略论中国人的脸 125

魏晋风度及文章与药及酒之关系

——九月间在广州夏期学术演讲会讲 131

谈所谓"大内档案" 159

无声的中国

——二月十六日在香港青年会讲 171

柔石作《二月》小引 180

对于左翼作家联盟的意见

——三月二日在左翼作家联盟成立大

会讲 183

谁的矛盾 192

小品文的危机 196

捣鬼心传 202

拿来主义 206

中国人失掉自信力了吗 211

文坛三户	214
不求甚解	219
《如此广州》读后感	222
骂杀与捧杀	225

我之节烈观

"世道浇漓,人心日下,国将不国"这一类话,本是中国历来的叹声。不过时代不同,则所谓"日下"的事情,也有迁变:从前指的是甲事,现在叹的或是乙事。除了"进呈御览"的东西不敢妄说外,其余的文章议论里,一向就带这口吻。因为如此叹息,不但针砭世人,还可以从"日下"之中,除去自己。所以君子固然相对慨叹,连杀人放火嫖妓骗钱以及一切鬼混的人,也都乘作恶余暇,摇着头说道,"他们人心日下了。"

世风人心这件事,不但鼓吹坏事,可以"日下";即使未曾鼓吹,只是旁观,只是赏玩,只是叹息,也可以叫他"日下"。所以近一年来,居然也有几个不肯徒托空言的人,叹息一番之后,还要想法子来挽救。第一个是康有为,指手画脚的说"虚君共和"才好,陈独秀便斥他不兴;其次是一班灵学派的人,不知何以起了极古奥的思想,要请"孟圣矣乎"的鬼来画策;陈百年钱玄同刘半农又道他胡说。

这几篇驳论,都是《新青年》里最可寒心的文章。时候已是二十世纪了;人类眼前,早已闪出曙光。假如《新青年》里,有一篇和别人辩地球方圆的文字,读者见了,怕一定要发怔。然而现今所辩,正和说地体不方相差无几。将时代和事实,对照起来,怎能不教人寒心而且害怕?

近来虚君共和是不提了,灵学似乎还在那里捣鬼,此时却又有一群人,不能满足;仍然摇头说道,"人心日下"了。于是又想出一种挽救的方法;他们叫作

"表彰节烈"!

这类妙法,自从君政复古时代以来,上上下下,已经提倡多年;此刻不过是竖起旗帜的时候。文章议论里,也照例时常出现,都嚷道"表彰节烈"!要不说这件事,也不能将自己提拔,出于"人心日下"之中。

节烈这两个字,从前也算是男子的美德,所以有过"节士","烈士"的名称。然而现在的"表彰节烈",却是专指女子,并无男子在内。据时下道德家的意见,来定界说,大约节是丈夫死了,决不再嫁,也不私奔,丈夫死得愈早,家里愈穷,他便节得愈好。烈可是有两种:一种是无论已嫁未嫁,只要丈夫死了,他也跟着自尽;一种是有强暴来污辱他的时候,设法自戕,或者抗拒被杀,都无不可。这也是死得愈惨愈苦,他便烈得愈好,倘若不及抵御,竟受了污辱,然后自戕,便免不了议论。万一幸而遇着宽厚的道德家,有时也可以略迹原情,许他一个烈字。可是文人学士,已经不甚愿意替他作传；就令勉强动笔，临了也不免加上几个"惜夫惜夫"了。

总而言之：女子死了丈夫，便守着，或者死掉；遇了强暴，便死掉；将这类人物，称赞一通，世道人心便好，中国便得救了。大意只是如此。

康有为借重皇帝的虚名，灵学家全靠着鬼话。这表彰节烈，却是全权都在人民，大有渐进自力之意了。然而我仍有几个疑问，须得提出。还要据我的意见，给他解答。我又认定这节烈救世说，是多数国民的意思；主张的人，只是喉舌。虽然是他发声，却和四支五官神经内脏，都有关系。所以我这疑问和解答，便是提出于这群多数国民之前。

首先的疑问是：不节烈（中国称不守节作"失节"，不烈却并无成语，所以只能合称他"不节烈"）的女子如何害了国家？照现在的情形，"国将不国"，自不消说：丧尽良心的事故，层出不穷；刀兵盗贼水旱饥荒，又接连而起。但此等现象，只是不讲新道德新学问的缘故，行为思想，全钞旧帐；所以种种黑暗，竟和古代的乱世仿佛，况且政界军界学界商界等等里面，全是男人，并无不节烈的女子夹杂在内。也未必是有权力的男子，因为受了他们蛊惑，这才丧了良心，放手作恶。至于水旱饥荒，便是专拜龙神，迎大王，滥伐森林，不修水利的祸祟，没有新知识的结果；更与女子无关。只有刀兵盗贼，往往造出许多不节烈的妇女。但也是兵盗在先，不节烈在后，并非因为他们不节烈了，才将刀兵盗贼招来。

其次的疑问是：何以救世的责任，全在女子？照着旧派说起来，女子是"阴类"，是主内的，是男子的附属品。然则治世救国，正须责成阳类，全仗外子，偏劳主体。决不能将一个绝大题目，都阁在阴类肩上。倘依新说，则男女平等，义务略同。纵令该担责任，也只得分担。其余的一半男子，都该各尽义务。不特须除去强暴,还应发挥他自己的美德。不能专靠惩劝女子,便算尽了天职。

其次的疑问是:表彰之后,有何效果？据节烈为本,将所有活着的女子,分类起来,大约不外三种:一种是已经守节,应该表彰的人(烈者非死不可,所以除出);一种是不节烈的人;一种是尚未出嫁,或丈夫还在,又未遇见强暴,节烈与否未可知的人。第一种已经很好,正蒙表彰,不必说了。第二种已经不好,中国从来不许忏悔,女子做事一错,补过无及,只好任其羞杀,也不值得说了。最要紧的,只在第三种,现在一经感化,他们便都打定主意道:"倘若将来丈夫死了,决不再嫁;遇着强暴,赶紧自裁!"试问如此立意,与中国男子做主的世道人心,有何关系？这个缘故,已在上文说明。更有附带的疑问是:节烈的人,既经表彰,自是品格最高。但圣贤虽人人可学,此事却有所不能。假如第三种的人,虽然立志极高,万一丈夫长寿,天下太平，他便只好饮恨吞声，做一世次等的人物。

以上是单依旧日的常识，略加研究，便已发现了许多矛盾。若略带二十世纪气息，便又有两层：

一问节烈是否道德？道德这事，必须普遍，人人应做，人人能行，又于自他两利，才有存在的价值。现在所谓节烈，不特除开男子，绝不相干；就是女子，也不能全体都遇着这名誉的机会。所以决不能认为道德，当作法式。上回《新青年》登出的《贞操论》里，已经说过理由。不过贞是丈夫还在，节是男子已死的区别，道理却可类推。只有烈的一件事，尤为奇怪，还须略加研究。

照上文的节烈分类法看来，烈的第一种，其实也只是守节，不过生死不同。因为道德家分类，根据全在死活，所以归入烈类。性质全异的，便是第二种。这类人不过一个弱者（现在的情形，女子还是弱者），突然遇着男性的暴徒，父兄丈夫力不能救，左邻右舍也不帮忙,于是他就死了;或者竟受了辱,仍然死了;或者终于没有死。久而久之,父兄丈夫邻舍,夹着文人学士以及道德家,便渐渐聚集,既不羞自己怯弱无能,也不提暴徒如何惩办,只是七口八嘴,议论他死了没有?受污没有?死了如何好,活着如何不好。于是造出了许多光荣的烈女,和许多被人口诛笔伐的不烈女。只要平心一想,便觉不像人间应有的事情,何况说是道德。

二问多妻主义的男子,有无表彰节烈的资格?替以前的道德家说话,一定是理应表彰。因为凡是男子,便有点与众不同,社会上只配有他的意思。一面又靠着阴阳内外的古典,在女子面前逞能。然而一到现在,人类的眼里,不免见到光明,晓得阴阳内外之说,荒谬绝伦;就令如此,也证不出阳比阴尊贵,外比内崇高的道理。况且社会国家,又非单是男子造成。所以只好相信真理,说是一律平等。既然平等,男女便都有一律应守的契约。男子决不能将自己不守的事，向女子特别要求。若是买卖欺骗贡献的婚姻，则要求生时的贞操，尚且毫无理由。何况多妻主义的男子，来表彰女子的节烈。

以上，疑问和解答都完了。理由如此支离，何以直到现今，居然还能存在？要对付这问题，须先看节烈这事，何以发生，何以通行，何以不生改革的缘故。

古代的社会，女子多当作男人的物品。或杀或吃，都无不可；男人死后，和他喜欢的宝贝，日用的兵器，一同殉葬，更无不可。后来殉葬的风气，渐渐改了，守节便也渐渐发生。但大抵因为寡妇是鬼妻，亡魂跟着，所以无人敢娶，并非要他不事二夫。这样风俗，现在的蛮人社会里还有。中国太古的情形，现在已无从详考。但看周末虽有殉葬，并非专用女人，嫁否也任便，并无什么裁制，便可知道脱离了这宗习俗，为日已久。由汉至唐也并没有鼓吹节烈。直到宋朝，那一班"业儒"的才说出"饿死事小，失节事大"的话，看见历史上"重适"两个字，便大惊小怪起来。出于真心，还是故意，现在却无从推测。其时也正是"人心日下，国将不国"的时候，全国士民，多不像样。或者"业儒"的人，想借女人守节的话，来鞭策男子，也不一定。但旁敲侧击，方法本嫌鬼祟，其意也太难分明，后来因此多了几个节妇，虽未可知，然而吏民将卒，却仍然无所感动。于是"开化最早，道德第一"的中国终于归了"长生天气力里大福荫护助里"的什么"薛禅皇帝，完泽笃皇帝，曲律皇帝"了。此后皇帝换过了几家，守节思想倒反发达。皇帝要臣子尽忠，男人便愈要女人守节。到了清朝，儒者真是愈加利害。看见唐人文章里有公主改嫁的话，也不免勃然大怒道，"这是什么事！你竟不为尊者讳，这还了得！"假使这唐人还活着，一定要斥革功名，"以正人心而端风俗"了。

国民将到被征服的地位，守节盛了；烈女也从此着重。因为女子既是男子所有，自己死了，不该嫁人，自己活着，自然更不许被夺。然而自己是被征服的国民，没有力量保护，没有勇气反抗了，只好别出心裁，鼓吹女人自杀。或者妻女极多的阔人，婢妾成行的富翁，乱离时候，照顾不到，一遇"逆兵"（或是"天兵"），就无法可想。只得救了自己，请别人都做烈女；变成烈女，"逆兵"便不要了。他便待事定以后，慢慢回来，称赞几句。好在男子再娶，又是天经地义，别讨女人，便都完事。因此世上遂有了"双烈合传"，"七姬墓志"，甚而至于钱谦益的集中，也布满了"赵节妇""钱烈女"的传记和歌颂。

只有自己不顾别人的民情，又是女应守节男子却可多妻的社会，造出如此畸形道德，而且日见精密苛酷，本也毫不足怪。但主张的是男子，上当的是女子。女子本身，何以毫无异言呢？原来"妇者服也"，理应服事于人。教育固可不必，连开口也都犯法。他的精神，也同他体质一样，成了畸形。所以对于这畸形道德，实在无甚意见。就令有了异议，也没有发表的机会。做几首"闺中望月""园里看花"的诗，尚且怕男子骂他怀春，何况竟敢破坏这"天地间的正气"？只有说部书上，记载过几个女人，因为境遇上不愿守节，据做书的人说：可是他再嫁以后，便被前夫的鬼捉去，落了地狱；或者世人个个唾骂，做了乞丐，也竟求乞无门，终于惨苦不堪而死了！

如此情形，女子便非"服也"不可。然而男子一面，何以也不主张真理，只是一味敷衍呢？汉朝以后，言论的机关，都被"业儒"的垄断了。宋元以来，尤其利害。我们几乎看不见一部非业儒的书，听不到一句非士人的话。除了和尚道士，奉旨可以说话的以外，其余"异端"的声音，决不能出他卧房一步。况且世人大抵受了"儒者柔也"的影响；不述而作，最为犯忌。即使有人见到，也不肯用性命来换真理。即如失节一事，岂不知道必须男女两性，才能实现。他却专责女性；至于破人节操的男子，以及造成不烈的暴徒，便都含糊过去。男子究竟较女性难惹，惩罚也比表彰为难。其间虽有过几个男人，实觉于心不安，说些室女不应守志殉死的平和话，可是社会不听；再说下去，便要不容，与失节的女人一样看待。他便也只好变了"柔也"，不再开口了。所以节烈这事，到现在不生变革。

（此时，我应声明：现在鼓吹节烈派的里面，我颇有知道的人。敢说确有好人在内，居心也好。可是救世的方法是不对，要向西走了北了。但也不能因为他是好人，便竟能从正西直走到北。所以我又愿他回转身来。）

其次还有疑问：

节烈难么？答道，很难。男子都知道极难，所以要表彰他。社会的公意，向来以为贞淫与否，全在女性。男子虽然诱惑了女人,却不负责任。譬如甲男引诱乙女,乙女不允,便是贞节,死了,便是烈;甲男并无恶名,社会可算淳古。倘若乙女允了,便是失节;甲男也无恶名,可是世风被乙女败坏了! 别的事情,也是如此。所以历史上亡国败家的原因,每每归咎女子。糊糊涂涂的代担全体的罪恶,已经三千多年了。男子既然不负责任,又不能自己反省,自然放心诱惑;文人著作,反将他传为美谈。所以女子身旁,几乎布满了危险。除却他自己的父兄丈夫以外,便都带点诱惑的鬼气。所以我说很难。

节烈苦么? 答道,很苦。男子都知道很苦,所以要表彰他。凡人都想活;烈是必死,不必说了。节妇还要活着。精神上的惨苦,也姑且弗论。单是生活一层,已是大宗的痛楚。假使女子生计已能独立,社会也知道互助,一人还可勉强生存。不幸中国情形,却正相反。所以有钱尚可,贫人便只能饿死。直到饿死以后，间或得了旌表，还要写入志书。所以各府各县志书传记类的末尾，也总有几卷"烈女"。一行一人，或是一行两人，赵钱孙李，可是从来无人翻读。就是一生崇拜节烈的道德大家，若问他贵县志书里烈女门的前十名是谁？也怕不能说出。其实他是生前死后，竟与社会漠不相关的。所以我说很苦。

照这样说，不节烈便不苦么？答道，也很苦。社会公意，不节烈的女人，既然是下品；他在这社会里，是容不住的。社会上多数古人模模糊糊传下来的道理，实在无理可讲；能用历史和数目的力量，挤死不合意的人。这一类无主名无意识的杀人团里，古来不晓得死了多少人物；节烈的女子，也就死在这里。不过他死后间有一回表彰，写入志书。不节烈的人，便生前也要受随便什么人的唾骂，无主名的虐待。所以我说也很苦。

女子自己愿意节烈么？答道，不愿。人类总有一种理想，一种希望。虽然高下不同，必须有个意义。自他两利固好，至少也得有益本身。节烈很难很苦，既不利人，又不利己。说是本人愿意，实在不合人情。所以假如遇着少年女人，诚心祝赞他将来节烈，一定发怒；或者还要受他父兄丈夫的尊拳。然而仍旧牢不可破，便是被这历史和数目的力量挤着。可是无论何人，都怕这节烈。怕他竟钉到自己和亲骨肉的身上。所以我说不愿。

我依据以上的事实和理由，要断定节烈这事是：极难，极苦，不愿身受，然而不利自他，无益社会国家，于人生将来又毫无意义的行为，现在已经失了存在的生命和价值。

临了还有一层疑问：

节烈这事，现代既然失了存在的生命和价值；节烈的女人，岂非白苦一番么？可以答他说：还有哀悼的价值。他们是可怜人；不幸上了历史和数目的无意识的圈套,做了无主名的牺牲。可以开一个追悼大会。

我们追悼了过去的人,还要发愿:要自己和别人,都纯洁聪明勇猛向上。要除去虚伪的脸谱。要除去世上害己害人的昏迷和强暴。

我们追悼了过去的人,还要发愿:要除去于人生毫无意义的苦痛。要除去制造并赏玩别人苦痛的昏迷和强暴。

我们还要发愿:要人类都受正当的幸福。

一九一八年七月。

娜拉走后怎样

——一九二三年十二月二十六日在北京女子高等师范学校文艺会讲

我今天要讲的是"娜拉走后怎样?"

伊孛生是十九世纪后半的瑙威的一个文人。他的著作,除了几十首诗之外,其余都是剧本。这些剧本里面,有一时期是大抵含有社会问题的,世间也称作"社会剧",其中有一篇就是《娜拉》。

《娜拉》一名 *Ein Puppenheim*,中国译作《傀儡家庭》。但 Puppe 不单是牵线的傀儡,孩子抱着玩的人形也是;引申开去,别人怎么指挥,他便怎么做的人也是。娜拉当初是满足地生活在所谓幸福的家庭里的,但是她竟觉悟了：自己是丈夫的傀儡，孩子们又是她的傀儡。她于是走了，只听得关门声，接着就是闭幕。这想来大家都知道，不必细说了。

娜拉要怎样才不走呢？或者说伊孛生自己有解答，就是 *Die Frau vom Meer*，《海的女人》，中国有人译作《海上夫人》的。这女人是已经结婚的了，然而先前有一个爱人在海的彼岸，一日突然寻来，叫她一同去。她便告知她的丈夫，要和那外来人会面。临末，她的丈夫说，"现在放你完全自由。（走与不走）你能够自己选择，并且还要自己负责任。"于是什么事全都改变，她就不走了。这样看来，娜拉倘也得到这样的自由，或者也便可以安住。

但娜拉毕竟是走了的。走了以后怎样？伊孛生并无解答；而且他已经死了。即使不死，他也不负解答的责任。因为伊孛生是在做诗，不是为社会提出问题来而且代为解答。就如黄莺一样，因为他自己要歌唱,所以他歌唱,不是要唱给人们听得有趣,有益。伊孛生是很不通世故的,相传在许多妇女们一同招待他的筵宴上,代表者起来致谢他作了《傀儡家庭》,将女性的自觉,解放这些事,给人心以新的启示的时候,他却答道,"我写那篇却并不是这意思,我不过是做诗。"

娜拉走后怎样?——别人可是也发表过意见的。一个英国人曾作一篇戏剧,说一个新式的女子走出家庭,再也没有路走,终于堕落,进了妓院了。还有一个中国人,——我称他什么呢?上海的文学家罢,——说他所见的《娜拉》是和现译本不同,娜拉终于回来了。这样的本子可惜没有第二人看见,除非是伊孛生自己寄给他的。但从事理上推想起来,娜拉或者也实在只有两条路:不是堕落,就是回来。因为如果是一匹小鸟,则笼子里固然不自由,而一出笼门,外面便又有鹰,有猫,以及别的什么东西之类;倘使已经关得麻痹了翅子,忘却了飞翔,也诚然是无路可以走。还有一条，就是饿死了，但饿死已经离开了生活，更无所谓问题，所以也不是什么路。

人生最苦痛的是梦醒了无路可以走。做梦的人是幸福的；倘没有看出可走的路，最要紧的是不要去惊醒他。你看，唐朝的诗人李贺，不是困顿了一世的么？而他临死的时候，却对他的母亲说，"阿妈，上帝造成了白玉楼，叫我做文章落成去了。"这岂非明明是一个诳，一个梦？然而一个小的和一个老的，一个死的和一个活的，死的高兴地死去，活的放心地活着。说诳和做梦，在这些时候便见得伟大。所以我想，假使寻不出路，我们所要的倒是梦。

但是，万不可做将来的梦。阿尔志跋绥夫曾经借了他所做的小说，质问过梦想将来的黄金世界的理想家，因为要造那世界，先唤起许多人们来受苦。他说，"你们将黄金世界预约给他们的子孙了，可是有什么给他们自己呢？"有是有的，就是将来的希望。但代价也太大了,为了这希望,要使人练敏了感觉来更深切地感到自己的苦痛,叫起灵魂来目睹他自己的腐烂的尸骸。惟有说谎和做梦,这些时候便见得伟大。所以我想,假使寻不出路,我们所要的就是梦;但不要将来的梦,只要目前的梦。

然而娜拉既然醒了,是很不容易回到梦境的,因此只得走;可是走了以后,有时却也免不掉堕落或回来。否则,就得问:她除了觉醒的心以外,还带了什么去?倘只有一条像诸君一样的紫红的绒绳的围巾,那可是无论宽到二尺或三尺,也完全是不中用。她还须更富有,提包里有准备,直白地说,就是要有钱。

梦是好的;否则,钱是要紧的。

钱这个字很难听,或者要被高尚的君子们所非笑,但我总觉得人们的议论是不但昨天和今天,即使饭前和饭后,也往往有些差别。凡承认饭需钱买,而以说钱为卑鄙者,倘能按一按他的胃,那里面怕总还有鱼肉没有消化完,须得饿他一天之后,再来听他发议论。

所以为娜拉计,钱,——高雅的说罢,就是经济,是最要紧的了。自由固不是钱所能买到的,但能够为钱而卖掉。人类有一个大缺点,就是常常要饥饿。为补救这缺点起见,为准备不做傀儡起见,在目下的社会里,经济权就见得最要紧了。第一,在家应该先获得男女平均的分配;第二,在社会应该获得男女相等的势力。可惜我不知道这权柄如何取得,单知道仍然要战斗;或者也许比要求参政权更要用剧烈的战斗。

要求经济权固然是很平凡的事,然而也许比要求高尚的参政权以及博大的女子解放之类更烦难。天下事尽有小作为比大作为更烦难的。譬如现在似的冬天,我们只有这一件棉袄,然而必须救助一个将要冻死的苦人,否则便须坐在菩提树下冥想普度一切人类的方法去。普度一切人类和救活一人,大小实在相去太远了,然而倘叫我挑选,我就立刻到菩提树下去坐着,因为免得脱下唯一的棉袄来冻杀自己。所以在家里说要参政权,是不至于大遭反对的,一说到经济的平匀分配,或不免面前就遇见敌人,这就当然要有剧烈的战斗。

战斗不算好事情,我们也不能责成人人都是战士,那么,平和的方法也就可贵了,这就是将来利用了亲权来解放自己的子女。中国的亲权是无上的,那时候,就可以将财产平匀地分配子女们,使他们平和而没有冲突地都得到相等的经济权,此后或者去读书,或者去生发,或者为自己去享用,或者为社会去做事,或者去花完,都请便,自己负责任。这虽然也是颇远的梦,可是比黄金世界的梦近得不少了。但第一需要记性。记性不佳,是有益于己而有害于子孙的。人们因为能忘却,所以自己能渐渐地脱离了受过的苦痛,也因为能忘却,所以往往照样地再犯前人的错误。被虐待的儿媳做了婆婆，仍然虐待儿媳；嫌恶学生的官吏，每是先前痛骂官吏的学生；现在压迫子女的，有时也就是十年前的家庭革命者。这也许与年龄和地位都有关系罢，但记性不佳也是一个很大的原因。救济法就是各人去买一本 note-book 来，将自己现在的思想举动都记上，作为将来年龄和地位都改变了之后的参考。假如憎恶孩子要到公园去的时候，取来一翻，看见上面有一条道，"我想到中央公园去"，那就即刻心平气和了。别的事也一样。

世间有一种无赖精神，那要义就是韧性。听说拳匪乱后，天津的青皮，就是所谓无赖者很跋扈，譬如给人搬一件行李，他就要两元，对他说这行李小，他说要两元，对他说道路近，他要两元，对他说不要搬了，他说也仍然要两元。青皮固然是不足为法的，而那韧性却大可以佩服。要求经济权也一样，有人说这事情太陈腐了，就答道要经济权；说是太卑鄙了，就答道经济权；说是经济制度就要改变了，用不着再操心，也仍然答道要经济权。

其实，在现在，一个娜拉的出走，或者也许不至于感到困难的，因为这人物很特别，举动也新鲜，能得到若干人们的同情，帮助着生活。生活在人们的同情之下，已经是不自由了，然而倘有一百个娜拉出走，便连同情也减少，有一千一万个出走，就得到厌恶了，断不如自己握着经济权之为可靠。

在经济方面得到自由，就不是傀儡了么？也还是傀儡。无非被人所牵的事可以减少，而自己能牵的傀儡可以增多罢了。因为在现在的社会里，不但女人常作男人的傀儡，就是男人和男人，女人和女人，也相互地作傀儡，男人也常作女人的傀儡，这决不是几个女人取得经济权所能救的。但人不能饿着静候理想世界的到来，至少也得留一点残喘，正如涸辙之鲋，急谋升斗之水一样，就要这较为切近的经济权，一面再想别的法。

如果经济制度竟改革了,那上文当然完全是废话。

然而上文,是又将娜拉当作一个普通的人物而说的,假使她很特别,自己情愿闯出去做牺牲,那就又另是一回事。我们无权去劝诱人做牺牲,也无权去阻止人做牺牲。况且世上也尽有乐于牺牲,乐于受苦的人物。欧洲有一个传说,耶稣去钉十字架时,休息在Ahasvar的檐下,Ahasvar不准他,于是被了咒诅,使他永世不得休息,直到末日裁判的时候。Ahasvar从此就歇不下,只是走,现在还在走。走是苦的,安息是乐的,他何以不安息呢?虽说背着咒诅,可是大约总该是觉得走比安息还适意,所以始终狂走的罢。

只是这牺牲的适意是属于自己的,与志士们之所谓为社会者无涉。群众,——尤其是中国的,——永远是戏剧的看客。牺牲上场,如果显得慷慨,他们就看了悲壮剧;如果显得觳觫,他们就看了滑稽剧。北京的羊肉铺前常有几个人张着嘴看剥羊，仿佛颇愉快，人的牺牲能给与他们的益处，也不过如此。而况事后走不几步，他们并这一点愉快也就忘却了。

对于这样的群众没有法，只好使他们无戏可看倒是疗救，正无需乎震骇一时的牺牲，不如深沉的韧性的战斗。

可惜中国太难改变了，即使搬动一张桌子，改装一个火炉，几乎也要血；而且即使有了血，也未必一定能搬动，能改装。不是很大的鞭子打在背上，中国自己是不肯动弹的。我想这鞭子总要来，好坏是别一问题，然而总要打到的。但是从那里来，怎么地来，我也是不能确切地知道。

我这讲演也就此完结了。

再论雷峰塔的倒掉

从崇轩先生的通信(二月份《京报副刊》)里,知道他在轮船上听到两个旅客谈话,说是杭州雷峰塔之所以倒掉,是因为乡下人迷信那塔砖放在自己的家中,凡事都必平安,如意,逢凶化吉,于是这个也挖,那个也挖,挖之久久,便倒了。一个旅客并且再三叹息道:西湖十景这可缺了呵!

这消息,可又使我有点畅快了,虽然明知道幸灾乐祸,不像一个绅士,但本来不是绅士的,也没有法子来装潢。

我们中国的许多人，——我在此特别郑重声明：并不包括四万万同胞全部！——大抵患有一种"十景病"，至少是"八景病"，沉重起来的时候大概在清朝。凡看一部县志，这一县往往有十景或八景，如"远村明月""萧寺清钟""古池好水"之类。而且，"十"字形的病菌，似乎已经侵入血管，流布全身，其势力早不在"！"形惊叹亡国病菌之下了。点心有十样锦，菜有十碗，音乐有十番，阎罗有十殿，药有十全大补，猜拳有全福手福手全，连人的劣迹或罪状，宣布起来也大抵是十条，仿佛犯了九条的时候总不肯歇手。现在西湖十景可缺了呵！"凡为天下国家有九经"，九经固古已有之，而九景却颇不习见，所以正是对于十景病的一个针砭，至少也可以使患者感到一种不平常，知道自己的可爱的老病，忽而跑掉了十分之一了。

但仍有悲哀在里面。

其实，这一种势所必至的破坏，也还是徒然的。

畅快不过是无聊的自欺。雅人和信士和传统大家,定要苦心孤诣巧语花言地再来补足了十景而后已。

无破坏即无新建设,大致是的;但有破坏却未必即有新建设。卢梭,斯谛纳尔,尼采,托尔斯泰,伊孛生等辈,若用勃兰兑斯的话来说,乃是"轨道破坏者"。其实他们不单是破坏,而且是扫除,是大呼猛进,将碍脚的旧轨道不论整条或碎片,一扫而空,并非想挖一块废铁古砖挟回家去,预备卖给旧货店。中国很少这一类人,即使有之,也会被大众的唾沫淹死。孔丘先生确是伟大,生在巫鬼势力如此旺盛的时代,偏不肯随俗谈鬼神;但可惜太聪明了,"祭如在祭神如神在",只用他修《春秋》的照例手段以两个"如"字略寓"俏皮刻薄"之意,使人一时莫明其妙,看不出他肚皮里的反对来。他肯对子路赌咒,却不肯对鬼神宣战,因为一宣战就不和平,易犯骂人——虽然不过骂鬼——之罪,即不免有《衡论》(见一月份《晨报副镌》)作家TY

先生似的好人，会替鬼神来奚落他道：为名乎？骂人不能得名。为利乎？骂人不能得利。想引诱女人乎？又不能将蚩尤的脸子印在文章上。何乐而为之也钦？

孔丘先生是深通世故的老先生，大约除脸子付印问题以外，还有深心，犯不上来做明目张胆的破坏者，所以只是不谈，而决不骂，于是乎俨然成为中国的圣人，道大，无所不包故也。否则，现在供在圣庙里的，也许不姓孔。

不过在戏台上罢了，悲剧将人生的有价值的东西毁灭给人看，喜剧将那无价值的撕破给人看。讥讽又不过是喜剧的变简的一支流。但悲壮滑稽，却都是十景病的仇敌，因为都有破坏性，虽然所破坏的方面各不同。中国如十景病尚存，则不但卢梭他们似的疯子决不产生，并且也决不产生一个悲剧作家或喜剧作家或讽刺诗人。所有的，只是喜剧底人物或非喜剧非悲剧底人物，在互相模造的十景中生存，一面各各带了十景病。

然而十全停滞的生活,世界上是很不多见的事,于是破坏者到了,但并非自己的先觉的破坏者,却是狂暴的强盗,或外来的蛮夷。猃狁早到过中原,五胡来过了,蒙古也来过了;同胞张献忠杀人如草,而满洲兵的一箭,就钻进树丛中死掉了。有人论中国说,倘使没有带着新鲜的血液的野蛮的侵入,真不知自身会腐败到如何!这当然是极刻毒的恶谑,但我们一翻历史,怕不免要有汗流浃背的时候罢。外寇来了,暂一震动,终于请他作主子,在他的刀斧下修补老例;内寇来了,也暂一震动,终于请他做主子,或者别拜一个主子,在自己的瓦砾中修补老例。再来翻县志,就看见每一次兵燹之后,所添上的是许多烈妇烈女的氏名。看近来的兵祸,怕又要大举表扬节烈了罢。许多男人们都那里去了?

凡这一种寇盗式的破坏,结果只能留下一片瓦砾，与建设无关。

但当太平时候，就是正在修补老例，并无寇盗时候，即国中暂时没有破坏么？也不然的，其时有奴才式的破坏作用常川活动着。

雷峰塔砖的挖去，不过是极近的一条小小的例。龙门的石佛，大半肢体不全，图书馆中的书籍，插图须谨防撕去，凡公物或无主的东西，倘难于移动，能够完全的即很不多。但其毁坏的原因，则非如革除者的志在扫除，也非如寇盗的志在掠夺或单是破坏，仅因目前极小的自利，也肯对于完整的大物暗暗的加一个创伤。人数既多，创伤自然极大，而倒败之后，却难于知道加害的究竟是谁。正如雷峰塔倒掉以后，我们单知道由于乡下人的迷信。共有的塔失去了，乡下人的所得，却不过一块砖，这砖，将来又将为别一自利者所藏，终究至于灭尽。倘在民康物阜时候，因为十景病的发作，新的雷峰塔也会再造的罢。但将来的运命，不也就可以推想而知么？如果乡下人还是这样的乡下人，老例还是这样的老例。

这一种奴才式的破坏，结果也只能留下一片瓦砾，与建设无关。

岂但乡下人之于雷峰塔，日日偷挖中华民国的柱石的奴才们，现在正不知有多少！

瓦砾场上还不足悲，在瓦砾场上修补老例是可悲的。我们要革新的破坏者，因为他内心有理想的光。我们应该知道他和寇盗奴才的分别；应该留心自己堕入后两种。这区别并不烦难，只要观人，省己，凡言动中，思想中，含有借此据为己有的朕兆者是寇盗，含有借此占些目前的小便宜的朕兆者是奴才，无论在前面打着的是怎样鲜明好看的旗子。

一九二五年二月六日。

看镜有感

因为翻衣箱,翻出几面古铜镜子来,大概是民国初年初到北京时候买在那里的,"情随事迁",全然忘却,宛如见了隔世的东西了。

一面圆径不过二寸,很厚重,背面满刻蒲陶,还有跳跃的鼯鼠,沿边是一圈小飞禽。古董店家都称为"海马葡萄镜"。但我的一面并无海马,其实和名称不相当。记得曾见过别一面,是有海马的,但贵极,没有买。这些都是汉代的镜子;后来也有模造或翻沙者,花纹可造粗拙得多了。汉武通大宛安息,以致天马蒲萄,大概当时是视为盛事的,所以便取作什器的装饰。古时,于外来物品,每加海字,如海榴,海红花,海棠之类。海即现在之所谓洋,海马译成今文,当然就是洋马。镜鼻是一个虾蟆,则因为镜如满月,月中有蟾蜍之故,和汉事不相干了。

遥想汉人多少闳放,新来的动植物,即毫不拘忌,来充装饰的花纹。唐人也还不算弱,例如汉人的墓前石兽,多是羊,虎,天禄,辟邪,而长安的昭陵上,却刻着带箭的骏马,还有一匹驼鸟,则办法简直前无古人。现今在坟墓上不待言,即平常的绘画,可有人敢用一朵洋花一只洋鸟,即私人的印章,可有人肯用一个草书一个俗字么?许多雅人,连记年月也必是甲子,怕用民国纪元。不知道是没有如此大胆的艺术家;还是虽有而民众都加迫害,他于是乎只得萎缩,死掉了?

宋的文艺,现在似的国粹气味就熏人。然而辽金元陆续进来了,这消息很耐寻味。汉唐虽然也有边患,但魄力究竟雄大,人民具有不至于为异族奴隶的自信心,或者竟毫未想到,凡取用外来事物的时候,就如将彼俘来一样,自由驱使,绝不介怀。一到衰弊陵夷之际,神经可就衰弱过敏了,每遇外国东西,便觉得仿佛彼来俘我一样,推拒,惶恐,退缩,逃避,抖成一团,又必想一篇道理来掩饰,而国粹遂成为孱王和孱奴的宝贝。

无论从那里来的,只要是食物,壮健者大抵就无需思索,承认是吃的东西。惟有衰病的,却总常想到害胃,伤身,特有许多禁条,许多避忌;还有一大套比较利害而终于不得要领的理由,例如吃固无妨,而不吃尤稳,食之或当有益,然究以不吃为宜云云之类。但这一类人物总要日见其衰弱的,因为他终日战战兢兢,自己先已失了活气了。

不知道南宋比现今如何,但对外敌,却明明已经称臣,惟独在国内特多繁文缛节以及唠叨的碎话。正如倒霉人物，偏多忌讳一般，豁达闳大之风消歇净尽了。直到后来，都没有什么大变化。我曾在古物陈列所所陈列的古画上看见一颗印文，是几个罗马字母。但那是所谓"我圣祖仁皇帝"的印，是征服了汉族的主人，所以他敢；汉族的奴才是不敢的。便是现在，便是艺术家，可有敢用洋文的印的么？

清顺治中，时宪书上印有"依西洋新法"五个字，痛哭流涕来劾洋人汤若望的偏是汉人杨光先。直到康熙初，争胜了，就教他做钦天监正去，则又叩阍以"但知推步之理不知推步之数"辞。不准辞，则又痛哭流涕地来做《不得已》，说道"宁可使中夏无好历法，不可使中夏有西洋人。"然而终于连闰月都算错了，他大约以为好历法专属于西洋人，中夏人自己是学不得，也学不好的。但他竟论了大辟，可是没有杀，放归，死于途中了。汤若望入中国还在明崇祯初，其法终未见用；后来阮元论之曰：

"明季君臣以大统寖疏，开局修正，既知新法之密，而讫未施行。圣朝定鼎，以其法造时宪书，颁行天下。彼十余年辩论翻译之劳，若以备我朝之采用者，斯亦奇矣！……我国家圣圣相传，用人行政，惟求其是，而不先设成心。即是一端，可以仰见如天之度量矣！"（《畴人传》四十五）

现在流传的古镜们，出自冢中者居多，原是殉葬品。但我也有一面日用镜，薄而且大，规抚汉制，也许是唐代的东西。那证据是：一，镜鼻已多磨损；二，镜面的沙眼都用别的铜来补好了。当时在妆阁中，曾照唐人的额黄和眉绿，现在却监禁在我的衣箱里，它或者大有今昔之感罢。

但铜镜的供用，大约道光咸丰时候还与玻璃镜并行；至于穷乡僻壤，也许至今还用着。我们那里，则除了婚丧仪式之外，全被玻璃镜驱逐了。然而也还有余烈可寻,倘街头遇见一位老翁,肩了长凳似的东西,上面缚着一块猪肝色石和一块青色石,试伫听他的叫喊,就是"磨镜,磨剪刀!"

宋镜我没有见过好的,什九并无藻饰,只有店号或"正其衣冠"等类的迂铭词,真是"世风日下"。但是要进步或不退步,总须时时自出新裁,至少也必取材异域,倘若各种顾忌,各种小心,各种唠叨,这么做即违了祖宗,那么做又像了夷狄,终生惴惴如在薄冰上,发抖尚且来不及,怎么会做出好东西来。所以事实上"今不如古"者,正因为有许多唠叨着"今不如古"的诸位先生们之故。现在情形还如此。倘再不放开度量,大胆地,无畏地,将新文化尽量地吸收,则杨光先似的向西洋主人沥陈中夏的精神文明的时候,大概是不劳久待的罢。

但我向来没有遇见过一个排斥玻璃镜子的人。单知道咸丰年间,汪曰桢先生却在他的大著《湖雅》里攻击过的。他加以比较研究之后，终于决定还是铜镜好。最不可解的是：他说，照起面貌来，玻璃镜不如铜镜之准确。莫非那时的玻璃镜当真坏到如此，还是因为他老先生又带上了国粹眼镜之故呢？我没有见过古玻璃镜。这一点终于猜不透。

一九二五年二月九日。

春末闲谈

　　北京正是春末,也许我过于性急之故罢,觉着夏意了,于是突然记起故乡的细腰蜂。那时候大约是盛夏,青蝇密集在凉棚索子上,铁黑色的细腰蜂就在桑树间或墙角的蛛网左近往来飞行,有时衔一支小青虫去了,有时拉一个蜘蛛。青虫或蜘蛛先是抵抗着不肯去,但终于乏力,被衔着腾空而去了,坐了飞机似的。

　　老前辈们开导我,那细腰蜂就是书上所说的果赢,纯雌无雄,必须捉螟蛉去做继子的。她将小青虫封在窠里,自己在外面日日夜夜敲打着,祝道"像我像我",经过若干日,——我记不清了,大约七七四十九日罢,——那青虫也就成了细腰蜂了,所以《诗经》里说:"螟蛉有子,果蠃负之。"螟蛉就是桑上小青虫。蜘蛛呢?他们没有提。我记得有几个考据家曾经立过异说,以为她其实自能生卵;其捉青虫,乃是填在窠里,给孵化出来的幼蜂做食料的。但我所遇见的前辈们都不采用此说,还道是拉去做女儿。我们为存留天地间的美谈起见,倒不如这样好。当长夏无事,遭暑林阴,瞥见二虫一拉一拒的时候,便如睹慈母教女,满怀好意,而青虫的宛转抗拒,则活像一个不识好歹的毛鸦头。

但究竟是夷人可恶,偏要讲什么科学。科学虽然给我们许多惊奇,但也搅坏了我们许多好梦。自从法国的昆虫学大家发勃耳(Fabre)仔细观察之后,给幼蜂做食料的事可就证实了。而且,这细腰蜂不但是普通的凶手,还是一种很残忍的凶手,又是一个学识技术都极高明的解剖学家。她知道青虫的神经构造和作用,用了神奇的毒针,向那运动神经球上只一螫,它便麻痹为不死不活状态,这才在它身上生下蜂卵,封入窠中。青虫因为不死不活,所以不动,但也因为不活不死,所以不烂,直到她的子女孵化出来的时候,这食料还和被捕当日一样的新鲜。

三年前,我遇见神经过敏的俄国的E君,有一天他忽然发愁道,不知道将来的科学家,是否不至于发明一种奇妙的药品,将这注射在谁的身上,则这人即甘心永远去做服役和战争的机器了?那时我也就皱眉叹息,装作一齐发愁的模样,以示"所见略同"之至意,殊不知我国的圣君,贤臣,圣贤,圣贤之徒,却早已有过这一种黄金世界的理想了。不是"唯辟作福,唯辟作威,唯辟玉食"么?不是"君子劳心,小人劳力"么?不是"治于人者食(去声)人,治人者食于人"么?可惜理论虽已卓然,而终于没有发明十全的好方法。

要服从作威就须不活,要贡献玉食就须不死;要被治就须不活,要供养治人者又须不死。人类升为万物之灵,自然是可贺的,但没有了细腰蜂的毒针,却很使圣君,贤臣,圣贤,圣贤之徒,以至现在的阔人,学者,教育家觉得棘手。将来未可知,若已往,则治人者虽然尽力施行过各种麻痹术,也还不能十分奏效,与果蠃并驱争先。即以皇帝一伦而言,便难免时常改姓易代,终没有"万年有道之长";"二十四史"而多至二十四,就是可悲的铁证。现在又似乎有些别开生面了,世上挺生了一种所谓"特殊智识阶级"的留学生,在研究室中研究之结果,说医学不发达是有益于人种改良的,中国妇女的境遇是极其平等的,一切道理都已不错,一切状态都已够好。E君的发愁,或者也不为无因罢,然而俄国是不要紧的,因为他们不像我们中国,有所谓"特别国情",还有所谓"特殊智识阶级"。

但这种工作,也怕终于像古人那样,不能十分奏效的罢,因为这实在比细腰蜂所做的要难得多。她于青虫,只须不动,所以仅在运动神经球上一螫,即告成功。而我们的工作,却求其能运动,无知觉,该在知觉神经中枢,加以完全的麻醉的。但知觉一失,运动也就随之失却主宰,不能贡献玉食,恭请上自"极峰"下至"特殊智识阶级"的赏收享用了。就现在而言,窃以为除了遗老的圣经贤传法,学者的进研究室主义,文学家和茶摊老板的莫谈国事律,教育家的勿视勿听勿言勿动论之外,委实还没有更好,更完全,更无流弊的方法。便是留学生的特别发见,其实也并未轶出了前贤的范围。

那么,又要"礼失而求诸野"了。夷人,现在因为想去取法,姑且称之为外国,他那里,可有较好的法子么?可惜,也没有。所有者,仍不外乎不准集会,不许开口之类,和我们中华并没有什么很不同。然亦可见至道嘉猷,人同此心,心同此理,固无华夷之限也。猛兽是单独的,牛羊则结队;野牛的大队,就会排角成城以御强敌了,但拉开一匹,定只能牟牟地叫。人民与牛马同流,——此就中国而言,夷人别有分类法云,——治之之道,自然应该禁止集合:这方法是对的。其次要防说话。人能说话,已经是祸胎了,而况有时还要做文章。所以苍颉造字,夜有鬼哭。鬼且反对,而况于官?猴子不会说话,猴界即向无风潮,——可是猴界中也没有官,但这又作别论,——确应该虚心取法,反朴归真,则口且不开,文章自灭:这方法也是对的。然而上文也不过就理论而言,至于实效,却依然是难说。最显著的例,是连那么专制的俄国,而尼古拉二世"龙御上宾"之后,罗马诺夫氏竟已"覆宗绝祀"了。要而言之,那大缺点就在虽有二大良法,而还缺其一,便是:无法禁止人们的思想。

于是我们的造物主——假如天空真有这样的一位"主子"——就可恨了:一恨其没有永远分清"治者"

与"被治者";二恨其不给治者生一枝细腰蜂那样的毒针;三恨其不将被治者造得即使砍去了藏着的思想中枢的脑袋而还能动作——服役。三者得一,阔人的地位即永久稳固,统御也永久省了气力,而天下于是乎太平。今也不然,所以即使单想高高在上,暂时维持阔气,也还得日施手段,夜费心机,实在不胜其委屈劳神之至……。

假使没有了头颅,却还能做服役和战争的机械,世上的情形就何等地醒目呵!这时再不必用什么制帽勋章来表明阔人和窄人了,只要一看头之有无,便知道主奴,官民,上下,贵贱的区别。并且也不至于再闹什么革命,共和,会议等等的乱子了,单是电报,就要省下许多许多来。古人毕竟聪明,仿佛早想到过这样的东西,《山海经》上就记载着一种名叫"刑天"的怪物。他没有了能想的头,却还活着,"以乳为目,以脐为口",——这一点想得很周到,否则他怎么看,怎么吃呢,——实在是很值得奉为师法的。假使我们的国民都能这样,阔人又何等安全快乐?但他又"执干戚而舞",则似乎还是死也不肯安分,和我那专为阔人图便利而设的理想底好国民又不同。陶潜先生又有诗道:"刑天舞干戚,猛志固常在。"连这位貌似旷达的老隐士也这么说,可见无头也会仍有猛志,阔人的天下一时总怕难得太平的了。但有了太多的"特殊知识阶级"的国民,也许有特在例外的希望;况且精神文明太高了之后,精神的头就会提前飞去,区区物质的头的有无也算不得什么难问题。

         一九二五年四月二十二日。

论睁了眼看

虚生先生所做的时事短评中,曾有一个这样的题目:《我们应该有正眼看各方面的勇气》(《猛进》十九期)。诚然,必须敢于正视,这才可望敢想,敢说,敢作,敢当。倘使并正视而不敢,此外还能成什么气候。然而,不幸这一种勇气,是我们中国人最所缺乏的。

但现在我所想到的是别一方面——

中国的文人,对于人生,——至少是对于社会现象,向来就多没有正视的勇气。我们的圣贤,本来早已教人"非礼勿视"的了;而这"礼"又非常之严,不但

"正视",连"平视""斜视"也不许。现在青年的精神未可知,在体质,却大半还是弯腰曲背,低眉顺眼,表示着老牌的老成的子弟,驯良的百姓,——至于说对外却有大力量,乃是近一月来的新说,还不知道究竟是如何。

再回到"正视"问题去:先既不敢,后便不能,再后,就自然不视,不见了。一辆汽车坏了,停在马路上,一群人围着呆看,所得的结果是一团乌油油的东西。然而由本身的矛盾或社会的缺陷所生的苦痛,虽不正视,却要身受的。文人究竟是敏感人物,从他们的作品上看来,有些人确也早已感到不满,可是一到快要显露缺陷的危机一发之际,他们总即刻连说"并无其事",同时便闭上了眼睛。这闭着的眼睛便看见一切圆满,当前的苦痛不过是"天之将降大任于是人也,必先苦其心志,劳其筋骨,饿其体肤,空乏其身,行拂乱其所为。"于是无问题,无缺陷,无不平,也就无解决,无改革,无反抗。因为凡事总要"团圆",正无须我们焦躁;放心喝茶,睡觉大吉。再说费话,就有"不合时宜"之咎,免不了要受大学教授的纠正了。呸!

我并未实验过,但有时候想:倘将一位久蛰洞房的老太爷抛在夏天正午的烈日底下,或将不出闺门的千金小姐拖到旷野的黑夜里,大概只好闭了眼睛,暂续他们残存的旧梦,总算并没有遇到暗或光,虽然已经是绝不相同的现实。中国的文人也一样,万事闭眼睛,聊以自欺,而且欺人,那方法是:瞒和骗。

中国婚姻方法的缺陷,才子佳人小说作家早就感到了,他于是使一个才子在壁上题诗,一个佳人便来和,由倾慕——现在就得称恋爱——而至于有"终身之约"。但约定之后,也就有了难关。我们都知道,"私订终身"在诗和戏曲或小说上尚不失为美谈(自然只以与终于中状元的男人私订为限),实际却不容于天下的,仍然免不了要离异。明末的作家便闭上眼睛，并这一层也加以补救了，说是：才子及第，奉旨成婚。"父母之命媒妁之言"经这大帽子来一压，便成了半个铅钱也不值，问题也一点没有了。假使有之，也只在才子的能否中状元，而决不在婚姻制度的良否。

（近来有人以为新诗人的做诗发表，是在出风头，引异性；且迁怒于报章杂志之滥登。殊不知即使无报，墙壁实"古已有之"，早做过发表机关了；据《封神演义》，纣王已曾在女娲庙壁上题诗，那起源实在非常之早。报章可以不取白话，或排斥小诗，墙壁却拆不完，管不及的；倘一律刷成黑色，也还有破磁可划，粉笔可书，真是穷于应付。做诗不刻木板，去藏之名山，却要随时发表，虽然很有流弊，但大概是难以杜绝的罢。）

《红楼梦》中的小悲剧，是社会上常有的事，作者又是比较的敢于实写的，而那结果也并不坏。无论贾氏家业再振，兰桂齐芳，即宝玉自己，也成了个披大红猩猩毡斗篷的和尚。和尚多矣，但披这样阔斗篷的能有几个，已经是"入圣超凡"无疑了。至于别的人们，则早在册子里一一注定，末路不过是一个归结：是问题的结束，不是问题的开头。读者即小有不安，也终于奈何不得。然而后来或续或改，非借尸还魂，即冥中另配，必令"生旦当场团圆"，才肯放手者，乃是自欺欺人的瘾太大，所以看了小小骗局，还不甘心，定须闭眼胡说一通而后快。赫克尔（E. Haeckel）说过：人和人之差，有时比类人猿和原人之差还远。我们将《红楼梦》的续作者和原作者一比较，就会承认这话大概是确实的。

"作善降祥"的古训，六朝人本已有些怀疑了，他们作墓志，竟会说"积善不报，终自欺人"的话。但后来的昏人，却又瞒起来。元刘信将三岁痴儿抛入醮纸火盆，妄希福祐，是见于《元典章》的；剧本《小张屠焚儿救母》却道是为母延命，命得延，儿亦不死了。一女愿侍痼疾之夫，《醒世恒言》中还说终于一同自杀的；后来改作的却道是有蛇坠入药罐里，丈夫服后便全愈了。凡有缺陷，一经作者粉饰，后半便大抵改观，使读者落诬妄中，以为世间委实尽够光明，谁有不幸，便是自作，自受。

有时遇到彰明的史实，瞒不下，如关羽岳飞的被杀，便只好别设骗局了。一是前世已造夙因，如岳飞；一是死后使他成神，如关羽。定命不可逃，成神的善报更满人意，所以杀人者不足责，被杀者也不足悲，冥冥中自有安排，使他们各得其所，正不必别人来费力了。

中国人的不敢正视各方面，用瞒和骗，造出奇妙的逃路来，而自以为正路。在这路上，就证明着国民性的怯弱，懒惰，而又巧滑。一天一天的满足着，即一天一天的堕落着，但却又觉得日见其光荣。在事实上，亡国一次，即添加几个殉难的忠臣，后来每不想光复旧物，而只去赞美那几个忠臣；遭劫一次，即造成一群不辱的烈女，事过之后，也每每不思惩凶，自卫，却只顾歌咏那一群烈女。仿佛亡国遭劫的事，反而给中国人发挥"两间正气"的机会，增高价值，即在此一举，应该一任其至，不足忧悲似的。自然，此上也无可为，因为我们已经借死人获得最上的光荣了。沪汉烈士的追悼会中，活的人们在一块很可景仰的高大的木主下互相打骂，也就是和我们的先辈走着同一的路。

文艺是国民精神所发的火光，同时也是引导国民精神的前途的灯火。这是互为因果的，正如麻油从芝麻榨出，但以浸芝麻，就使它更油。倘以油为上，就不必说；否则，当参入别的东西，或水或碱去。中国人向来因为不敢正视人生，只好瞒和骗，由此也生出瞒和骗的文艺来，由这文艺，更令中国人更深地陷入瞒和骗的大泽中，甚而至于已经自己不觉得。世界日日改变，我们的作家取下假面，真诚地，深入地，大胆地看取人生并且写出他的血和肉来的时候早到了；早就应该有一片崭新的文场，早就应该有几个凶猛的闯将！

现在，气象似乎一变，到处听不见歌吟花月的声音了，代之而起的是铁和血的赞颂。然而倘以欺瞒的心，用欺瞒的嘴，则无论说 A 和 O，或 Y 和 Z，一样是虚假的；只可以吓哑了先前鄙薄花月的所谓批评家的嘴，满足地以为中国就要中兴。可怜他在"爱国"的大帽子底下又闭上了眼睛了——或者本来就闭着。

没有冲破一切传统思想和手法的闯将，中国是不会有真的新文艺的。

一九二五年七月二十二日。

随感录三十八

中国人向来有点自大。——只可惜没有"个人的自大",都是"合群的爱国的自大"。这便是文化竞争失败之后,不能再见振拔改进的原因。

"个人的自大",就是独异,是对庸众宣战。除精神病学上的夸大狂外,这种自大的人,大抵有几分天才,——照 Nordau 等说,也可说就是几分狂气。他们必定自己觉得思想见识高出庸众之上,又为庸众所不懂,所以愤世疾俗,渐渐变成厌世家,或"国民之敌"。但一切新思想,多从他们出来,政治上宗教上道德上的改革,也从他们发端。所以多有这"个人的自大"的国民,真是多福气!多幸运!

"合群的自大","爱国的自大",是党同伐异,是对少数的天才宣战;——至于对别国文明宣战,却尚在其次。他们自己毫无特别才能,可以夸示于人,所以把这国拿来做个影子;他们把国里的习惯制度抬得很高,赞美的了不得;他们的国粹,既然这样有荣光,他们自然也有荣光了!倘若遇见攻击,他们也不必自去应战,因为这种蹲在影子里张目摇舌的人,数目极多,只须用 mob 的长技,一阵乱噪,便可制胜。胜了,我是一群中的人,自然也胜了;若败了时,一群中有许多人,未必是我受亏:大凡聚众滋事时,多具这种心理,也就是他们的心理。他们举动,看似猛烈,其实却很卑怯。至于所生结果,则复古,尊王,扶清灭洋等等,已领教得多了。所以多有这"合群的爱国的自大"的国民,真是可哀,真是不幸!

不幸中国偏只多这一种自大:古人所作所说的事,没一件不好,遵行还怕不及,怎敢说到改革?这种爱国的自大家的意见,虽各派略有不同,根柢总是一致,计算起来,可分作下列五种:

甲云:"中国地大物博,开化最早;道德天下第一。"这是完全自负。

乙云:"外国物质文明虽高,中国精神文明更好。"

丙云:"外国的东西,中国都已有过;某种科学,即某子所说的云云",这两种都是"古今中外派"的支流;依据张之洞的格言,以"中学为体西学为用"的人物。

丁云:"外国也有叫化子,——(或云)也有草舍,——娼妓,——臭虫。"这是消极的反抗。

戊云:"中国便是野蛮的好。"又云:"你说中国思想昏乱,那正是我民族所造成的事业的结晶。从祖先昏乱起,直要昏乱到子孙;从过去昏乱起,直要昏乱到未来。……(我们是四万万人,)你能把我们灭绝么?"

这比"丁"更进一层,不去拖人下水,反以自己的丑恶骄人;至于口气的强硬,却很有《水浒传》中牛二的态度。

五种之中,甲乙丙丁的话,虽然已很荒谬,但同戊比较,尚觉情有可原,因为他们还有一点好胜心存在。譬如衰败人家的子弟,看见别家兴旺,多说大话,摆出大家架子;或寻求人家一点破绽,聊给自己解嘲。这虽然极是可笑,但比那一种掉了鼻子,还说是祖传老病,夸示于众的人,总要算略高一步了。

戊派的爱国论最晚出,我听了也最寒心;这不但因其居心可怕,实因他所说的更为实在的缘故。昏乱的祖先,养出昏乱的子孙,正是遗传的定理。民族根性造成之后,无论好坏,改变都不容易的。法国 G.Le Bon 著《民族进化的心理》中,说及此事道(原文已忘,今但举其大意)——"我们一举一动,虽似自主,其实多受死鬼的牵制。将我们一代的人,和先前几百代的鬼比较起来,数目上就万不能敌了。"我们几百代的祖先里面,昏乱的人,定然不少:有讲道学的儒生,也有讲阴阳五行的道士,有静坐炼丹的仙人,也有打脸打把子的戏子。所以我们现在虽想好好做"人",难保血管里的昏乱分子不来作怪,我们也不由自主,一变而为研究丹田脸谱的人物:这真是大可寒心的事。但我总希望这昏乱思想遗传的祸害,不至于有梅毒那样猛烈,竟至百无一免。即使同梅毒一样,现在发明了六百零六,肉体上的病,既可医治;我希望也有一种七百零七的药,可以医治思想上的病。这药原来也已发明,就是"科学"一味。只希望那班精神上掉了鼻子的朋友,不要又打着"祖传老病"的旗号来反对吃药,中国的昏乱病,便也总有全愈的一天。祖先的势力虽大,但如从现代起,立意改变:扫除了昏乱的心思,和助成昏乱的物事(儒道两派的文书),再用了对症的药,即使不能立刻奏效,也可把那病毒略略羼淡。如此几代之后待我们成了祖先的时候，就可以分得昏乱祖先的若干势力，那时便有转机，Le Bon 所说的事，也不足怕了。

以上是我对于"不长进的民族"的疗救方法；至于"灭绝"一条，那是全不成话，可不必说。"灭绝"这两个可怕的字，岂是我们人类应说的？只有张献忠这等人曾有如此主张，至今为人类唾骂；而且于实际上发生出什么效验呢？但我有一句话，要劝戊派诸公。"灭绝"这句话，只能吓人，却不能吓倒自然。他是毫无情面：他看见有自向灭绝这条路走的民族，便请他们灭绝，毫不客气。我们自己想活，也希望别人都活；不忍说他人的灭绝，又怕他们自己走到灭绝的路上，把我们带累了也灭绝，所以在此着急。倘使不改现状，反能兴旺，能得真实自由的幸福生活，那就是做野蛮也很好。——但可有人敢答应说"是"么？

随感录四十

终日在家里坐,至多也不过看见窗外四角形惨黄色的天,还有什么感? 只有几封信,说道,"久违芝宇,时切葭思;"有几个客,说道,"今天天气很好":都是祖传老店的文字语言。写的说的,既然有口无心,看的听的,也便毫无所感了。

有一首诗,从一位不相识的少年寄来,却对于我有意义。——

爱情

我是一个可怜的中国人。爱情！我不知道你是什么。

我有父母,教我育我,待我很好;我待他们,也还不差。我有兄弟姊妹,幼时共我玩耍,长来同我切磋,待我很好;我待他们,也还不差。但是没有人曾经"爱"过我,我也不曾"爱"过他。

我年十九,父母给我讨老婆。于今数年,我们两个,也还和睦。可是这婚姻,是全凭别人主张,别人撮合:把他们一日戏言,当我们百年的盟约。仿佛两个牲口听着主人的命令:"咄,你们好好的住在一块儿罢!"

爱情!可怜我不知道你是什么!

诗的好歹，意思的深浅，姑且勿论；但我说，这是血的蒸气，醒过来的人的真声音。

爱情是什么东西？我也不知道。中国的男女大抵一对或一群——一男多女——的住着，不知道有谁知道。

但从前没有听到苦闷的叫声。即使苦闷，一叫便错；少的老的，一齐摇头，一齐痛骂。

然而无爱情结婚的恶结果，却连续不断的进行。形式上的夫妇，既然都全不相关，少的另去姘人宿娼，老的再来买妾：麻痹了良心，各有妙法。所以直到现在，不成问题。但也曾造出一个"妒"字，略表他们曾经苦心经营的痕迹。

可是东方发白，人类向各民族所要的是"人"，——自然也是"人之子"——我们所有的是单是人之子，是儿媳妇与儿媳之夫，不能献出于人类之前。

可是魔鬼手上，终有漏光的处所，掩不住光明：人之子醒了;他知道了人类间应有爱情;知道了从前一班少的老的所犯的罪恶;于是起了苦闷,张口发出这叫声。

但在女性一方面,本来也没有罪,现在是做了旧习惯的牺牲。我们既然自觉着人类的道德,良心上不肯犯他们少的老的的罪,又不能责备异性,也只好陪着做一世牺牲,完结了四千年的旧账。

做一世牺牲,是万分可怕的事;但血液究竟干净,声音究竟醒而且真。

我们能够大叫,是黄莺便黄莺般叫;是鸱□便鸱□般叫。我们不必学那才从私窝子里跨出脚,便说"中国道德第一"的人的声音。

我们还要叫出没有爱的悲哀,叫出无所可爱的悲哀。……我们要叫到旧账勾消的时候。

旧账如何勾消?我说,"完全解放了我们的孩子!"

随感录四十一

从一封匿名信里看见一句话,是"数麻石片"(原注江苏方言),大约是没有本领便不必提倡改革,不如去数石片的好的意思。因此又记起了本志通信栏内所载四川方言的"洗煤炭"。想来别省方言中,相类的话还多;守着这专劝人自暴自弃的格言的人,也怕并不少。

凡中国人说一句话,做一件事,倘与传来的积习有若干抵触,须一个斤斗便告成功,才有立足的处所;而且被恭维得烙铁一般热。否则免不了标新立异的罪名，不许说话；或者竟成了大逆不道，为天地所不容。这一种人，从前本可以夷到九族，连累邻居；现在却不过是几封匿名信罢了。但意志略略薄弱的人便不免因此萎缩，不知不觉的也入了"数麻石片"党。

所以现在的中国，社会上毫无改革，学术上没有发明，美术上也没有创作；至于多人继续的研究，前仆后继的探险，那更不必提了。国人的事业，大抵是专谋时式的成功的经营，以及对于一切的冷笑。

但冷笑的人，虽然反对改革，却又未必有保守的能力：即如文字一面，白话固然看不上眼，古文也不甚提得起笔。照他的学说，本该去"数麻石片"了；他却又不然，只是莫名其妙的冷笑。

中国的人，大抵在如此空气里成功，在如此空气里萎缩腐败，以至老死。

我想，人猿同源的学说，大约可以毫无疑义了。但我不懂，何以从前的古猴子，不都努力变人，却到现在还留着子孙,变把戏给人看。还是那时竟没有一匹想站起来学说人话呢?还是虽然有了几匹,却终被猴子社会攻击他标新立异,都咬死了;所以终于不能进化呢?

尼采式的超人,虽然太觉渺茫,但就世界现有人种的事实看来,却可以确信将来总有尤为高尚尤近圆满的人类出现。到那时候,类人猿上面,怕要添出"类猿人"这一个名词。

所以我时常害怕,愿中国青年都摆脱冷气,只是向上走,不必听自暴自弃者流的话。能做事的做事,能发声的发声。有一分热,发一分光,就令萤火一般,也可以在黑暗里发一点光,不必等候炬火。

此后如竟没有炬火:我便是唯一的光。倘若有了炬火,出了太阳,我们自然心悦诚服的消失,不但毫无不平,而且还要随喜赞美这炬火或太阳;因为他照了人类,连我都在内。

我又愿中国青年都只是向上走,不必理会这冷笑和暗箭。尼采说:

"真的,人是一个浊流。应该是海了,能容这浊流使他干净。

"咄,我教你们超人:这便是海,在他这里,能容下你们的大侮蔑。"(《札拉图如是说》的《序言》第三节)

纵令不过一洼浅水,也可以学学大海;横竖都是水,可以相通。几粒石子,任他们暗地里掷来;几滴秽水,任他们从背后泼来就是了。

这还算不到"大侮蔑"——因为大侮蔑也须有胆力。

随感录五十七 现在的屠杀者

高雅的人说,"白话鄙俚浅陋,不值识者一哂之者也。"

中国不识字的人,单会讲话,"鄙俚浅陋",不必说了。"因为自己不通,所以提倡白话,以自文其陋"如我辈的人,正是"鄙俚浅陋",也不在话下了。最可叹的是几位雅人,也还不能如《镜花缘》里说的君子国的酒保一般,满口"酒要一壶乎,两壶乎,菜要一碟乎,两碟乎"的终日高雅,却只能在呻吟古文时,显出高古品格;一到讲话,便依然是"鄙俚浅陋"的白话了。四万万中国人嘴里发出来的声音,竟至总共"不值一哂",真是可怜煞人。

做了人类想成仙;生在地上要上天;明明是现代人,吸着现在的空气,却偏要勒派朽腐的名教,僵死的语言,侮蔑尽现在,这都是"现在的屠杀者"。杀了"现在",也便杀了"将来"。——将来是子孙的时代。

随感录五十九　"圣武"

我前回已经说过"什么主义都与中国无干"的话了；今天忽然又有些意见，便再写在下面：

我想，我们中国本不是发生新主义的地方，也没有容纳新主义的处所，即使偶然有些外来思想，也立刻变了颜色，而且许多论者反要以此自豪。我们只要留心译本上的序跋，以及各样对于外国事情的批评议论，便能发见我们和别人的思想中间，的确还隔着几重铁壁。他们是说家庭问题的，我们却以为他鼓吹打仗；他们是写社会缺点的，我们却说他讲笑话；他们以为好的，我们说来却是坏的。若再留心看看别国的国民性格，国民文学，再翻一本文人的评传，便更能明白别国著作里写出的性情，作者的思想，几乎全不是中国所有。所以不会了解，不会同情，不会感应；甚至彼我间的是非爱憎，也免不了得到一个相反的结果。

新主义宣传者是放火人么，也须别人有精神的燃料，才会着火；是弹琴人么，别人的心上也须有弦索，才会出声；是发声器么，别人也必须是发声器，才会共鸣。中国人都有些不很像，所以不会相干。

几位读者怕要生气，说，"中国时常有将性命去殉他主义的人，中华民国以来，也因为主义上死了多少烈士，你何以一笔抹杀？吓!"这话也是真的。我们从旧的外来思想说罢，六朝的确有许多焚身的和尚，唐朝也有过砍下臂膊布施无赖的和尚；从新的说罢，自然也有过几个人的。然而与中国历史，仍不相干。因为历史结帐，不能像数学一般精密，写下许多小数，却只能学粗人算帐的四舍五入法门,记一笔整数。

中国历史的整数里面,实在没有什么思想主义在内。这整数只是两种物质,——是刀与火,"来了"便是他的总名。

火从北来便逃向南,刀从前来便退向后,一大堆流水帐簿,只有这一个模型。倘嫌"来了"的名称不很庄严,"刀与火"也触目,我们也可以别想花样,奉献一个谥法,称作"圣武",便好看了。

古时候,秦始皇帝很阔气,刘邦和项羽都看见了;邦说,"嗟乎！大丈夫当如此也！"羽说,"彼可取而代也！"羽要"取"什么呢？便是取邦所说的"如此"。"如此"的程度,虽有不同,可是谁也想取;被取的是"彼",取的是"丈夫"。所有"彼"与"丈夫"的心中,便都是这"圣武"的产生所,受纳所。

何谓"如此"？说起来话长;简单地说,便只是纯粹兽性方面的欲望的满足——威福,子女,玉帛,——

罢了。然而在一切大小丈夫,却要算最高理想(？)了。我怕现在的人,还被这理想支配着。

大丈夫"如此"之后,欲望没有衰,身体却疲敝了；而且觉得暗中有一个黑影——死——到了身边了。于是无法,只好求神仙。这在中国,也要算最高理想了。我怕现在的人,也还被这理想支配着。

求了一通神仙,终于没有见,忽然有些疑惑了。于是要造坟,来保存死尸,想用自己的尸体,永远占据着一块地面。这在中国,也要算一种没奈何的最高理想了。我怕现在的人,也还被这理想支配着。

现在的外来思想,无论如何,总不免有些自由平等的气息,互助共存的气息,在我们这单有"我",单想"取彼",单要由我喝尽了一切空间时间的酒的思想界上,实没有插足的余地。

因此,只须防那"来了"便够了。看看别国,抗拒这"来了"的便是有主义的人民。他们因为所信的主义，牺牲了别的一切，用骨肉碰钝了锋刃，血液浇灭了烟焰。在刀光火色衰微中，看出一种薄明的天色，便是新世纪的曙光。

曙光在头上，不抬起头，便永远只能看见物质的闪光。

随感录六十六　生命的路

想到人类的灭亡是一件大寂寞大悲哀的事；然而若干人们的灭亡，却并非寂寞悲哀的事。

生命的路是进步的，总是沿着无限的精神三角形的斜面向上走，什么都阻止他不得。

自然赋与人们的不调和还很多，人们自己萎缩堕落退步的也还很多，然而生命决不因此回头。无论什么黑暗来防范思潮，什么悲惨来袭击社会，什么罪恶来亵渎人道，人类的渴仰完全的潜力，总是踏了这些铁蒺藜向前进。

生命不怕死，在死的面前笑着跳着，跨过了灭亡的人们向前进。

什么是路？就是从没路的地方践踏出来的，从只有荆棘的地方开辟出来的。

以前早有路了，以后也该永远有路。

人类总不会寂寞，因为生命是进步的，是乐天的。

昨天，我对我的朋友L说，"一个人死了，在死者自身和他的眷属是悲惨的事，但在一村一镇的人看起来不算什么；就是一省一国一种……"

L很不高兴，说，"这是Natur（自然）的话，不是人们的话。你应该小心些。"

我想，他的话也不错。

论辩的魂灵

　　二十年前到黑市，买得一张符，名叫"鬼画符"。虽然不过一团糟，但帖在壁上看起来，却随时显出各样的文字，是处世的宝训，立身的金箴。今年又到黑市去，又买得一张符，也是"鬼画符"。但帖了起来看，也还是那一张，并不见什么增补和修改。今夜看出来的大题目是"论辩的魂灵"；细注道："祖传老年中年青年'逻辑'扶乩灭洋必胜妙法太上老君急急如律令敕"。今谨摘录数条，以公同好——

　　"洋奴会说洋话。你主张读洋书，就是洋奴，人格破产了！受人格破产的洋奴崇拜的洋书，其价值从可知矣！但我读洋文是学校的课程，是政府的功令，反对者，即反对政府也。无父无君之无政府党，人人得而诛之。"

"你说中国不好。你是外国人么？为什么不到外国去？可惜外国人看你不起……。"

"你说甲生疮。甲是中国人，你就是说中国人生疮了。既然中国人生疮，你是中国人，就是你也生疮了。你既然也生疮，你就和甲一样。而你只说甲生疮，则竟无自知之明，你的话还有什么价值？倘你没有生疮，是说诳也。卖国贼是说诳的，所以你是卖国贼。我骂卖国贼，所以我是爱国者。爱国者的话是最有价值的，所以我的话是不错的，我的话既然不错，你就是卖国贼无疑了！"

"自由结婚未免太过激了。其实，我也并非老顽固，中国提倡女学的还是我第一个。但他们却太趋极端了,太趋极端,即有亡国之祸,所以气得我偏要说'男女授受不亲'。况且,凡事不可过激;过激派都主张共妻主义的。乙赞成自由结婚,不就是主张共妻主义么?他既然主张共妻主义,就应该先将他的妻拿出来给我们'共'。"

"丙讲革命是为的要图利:不为图利,为什么要讲革命?我亲眼看见他三千七百九十一箱半的现金抬进门。你说不然,反对我么?那么,你就是他的同党。呜呼,党同伐异之风,于今为烈,提倡欧化者不得辞其咎矣!"

"丁牺牲了性命,乃是闹得一塌糊涂,活不下去了的缘故。现在妄称志士,诸君切勿为其所愚。况且,中国不是更坏了么?"

"戊能算什么英雄呢?听说,一声爆竹,他也会吃惊。还怕爆竹,能听枪炮声么?怕听枪炮声,打起仗来不要逃跑么?打起仗来就逃跑的反称英雄,所以中国糟透了。"

"你自以为是'人',我却以为非也。我是畜类,现在我就叫你爹爹。你既然是畜类的爹爹,当然也就是畜类了。"

"勿用惊叹符号,这是足以亡国的。但我所用的几个在例外。

中庸太太提起笔来,取精神文明精髓,作明哲保身大吉大利格言二句云:

中学为体西学用,

不薄今人爱古人。"

牺牲谟

——"鬼画符"失敬失敬章第十三

"阿呀阿呀,失敬失敬!原来我们还是同志。我开初疑心你是一个乞丐,心里想:好好的一个汉子,又不衰老,又非残疾,为什么不去做工,读书的?所以就不免露出'责备贤者'的神色来,请你不要见气,我们的心实在太坦白了,什么也藏不住,哈哈!可是,同志,你也似乎太……。

"哦哦!你什么都牺牲了?可敬可敬!我最佩服的就是什么都牺牲,为同胞,为国家。我向来一心要做的也就是这件事。你不要看得我外观阔绰,我为的是要到各处去宣传。社会还太势利,如果像你似的只剩一条破裤,谁肯来相信你呢?所以我只得打扮起来,宁可人们说闲话,我自己总是问心无愧。正如'禹入裸国亦裸而游'一样,要改良社会,不得不然,别人那里会懂得我们的苦心孤诣。但是,朋友,你怎么竟奄奄一息到这地步了?

"哦哦!已经九天没有吃饭?!这真是清高得很哪!我只好五体投地。看你虽然怕要支持不下去,但是——你在历史上一定成名,可贺之至哪!现在什么'欧化''美化'的邪说横行,人们的眼睛只看见物质,所缺的就是你老兄似的模范人物。你瞧,最高学府的教员们,也居然一面教书,一面要起钱来,他们只知道物质,中了物质的毒了。难得你老兄以身作则,给他们一个好榜样看,这于世道人心,一定大有裨益的。你想,现在不是还嚷着什么教育普及么?教育普及起来,要有多少教员;如果都像他们似的定要吃饭,在这四郊多垒时候,那里来这许多饭？像你这样清高,真是浊世中独一无二的中流砥柱:可敬可敬！你读过书没有？如果读过书,我正要创办一个大学,就请你当教务长去。其实你只要读过'四书'就好,加以这样品格,已经很够做'莘莘学子'的表率了。

"不行？没有力气？可惜可惜！足见一面为社会做牺牲,一面也该自己讲讲卫生。你于卫生可惜太不讲究了。你不要以为我的胖头胖脸是因为享用好,我其实是专靠卫生,尤其得益的是精神修养,'君子忧道不忧贫'呀！但是,我的同志,你什么都牺牲完了,究竟也大可佩服,可惜你还剩一条裤,将来在历史上也许要留下一点白璧微瑕……。

"哦哦,是的。我知道,你不说也明白:你自然连这裤子也不要,你何至于这样地不彻底;那自然,你不过还没有牺牲的机会罢了。敌人向来最赞成一切牺牲,也最乐于'成人之美',况且我们是同志,我当然应该给你想一个完全办法,因为一个人最紧要的是'晚节',一不小心,可就前功尽弃了!

"机会凑得真好:舍间一个小丫头,正缺一条裤……。朋友,你不要这么看我,我是最反对人身买卖的,这是最不人道的事。但是,那女人是在大旱灾时候留下的,那时我不要,她的父母就会把她卖到妓院里去。你想,这何等可怜。我留下她,正为的讲人道。况且那也不算什么人身买卖,不过我给了她父母几文,她的父母就把自己的女儿留在我家里就是了。我当初原想将她当作自己的女儿看,不,简直当作姊妹,同胞看;可恨我的贱内是旧式,说不通。你要知道旧式的女人顽固起来,真是无法可想的,我现在正在另外想点法子……。

"但是,那娃儿已经多天没有裤子了,她是灾民的女儿。我料你一定肯帮助的。我们都是'贫民之友'呵。况且你做完了这一件事情之后,就是全始全终;

我保你将来铜像巍巍,高入云表,呵,一切贫民都鞠躬致敬……。

"对了,我知道你一定肯,你不说我也明白。但你此刻且不要脱下来。我不能拿了走,我这副打扮,如果手上拿一条破裤子,别人见了就要诧异,于我们的牺牲主义的宣传会有妨碍的。现在的社会还太胡涂,——你想,教员还要吃饭,——那里能懂得我们这纯洁的精神呢,一定要误解的。一经误解,社会恐怕要更加自私自利起来,你的工作也就'非徒无益而又害之'了,朋友。

"你还能勉强走几步罢?不能?这可叫人有点为难了,——那么,你该还能爬?好极了!那么,你就爬过去。你趁你还能爬的时候赶紧爬去,万不要'功亏一篑'。但你须用趾尖爬,膝髁不要太用力;裤子擦着沙石,就要更破烂,不但可怜的灾民的女儿受不着实惠,并且连你的精神都白扔了。先行脱下了也不妥当,一则太不雅观,二则恐怕巡警要干涉,还是穿着爬的好。我的朋友,我们不是外人,肯给你上当的么?舍间离这里也并不远,你向东,转北,向南,看路北有两株大槐树的红漆门就是。你一爬到,就脱下来,对号房说:这是老爷叫我送来的,交给太太收下。你一见号房,应该赶快说,否则也许将你当作一个讨饭的,会打你。唉唉,近来讨饭的太多了,他们不去做工,不去读书,单知道要饭。所以我的号房就借痛打这方法,给他们一个教训,使他们知道做乞丐是要给人痛打的,还不如去做工读书好……。

"你就去么?好好!但千万不要忘记:交代清楚了就爬开,不要停在我的屋界内。你已经九天没有吃东西了,万一出了什么事故,免不了要给我许多麻烦,我就要减少许多宝贵的光阴,不能为社会服务。我想,我们不是外人,你也决不愿意给自己的同志许多麻烦的,我这话也不过姑且说说。

"你就去罢！好，就去！本来我也可以叫一辆人力车送你去，但我知道用人代牛马来拉人，你一定不赞成的，这事多么不人道！我去了。你就动身罢。你不要这么萎靡不振，爬呀！朋友！我的同志，你快爬呀，向东呀！……"

学界的三魂

从《京报副刊》上知道有一种叫《国魂》的期刊,曾有一篇文章说章士钊固然不好,然而反对章士钊的"学匪"们也应该打倒。我不知道大意是否真如我所记得?但这也没有什么关系,因为不过引起我想到一个题目,和那原文是不相干的。意思是,中国旧说,本以为人有三魂六魄,或云七魄;国魂也该这样。而这三魂之中,似乎一是"官魂",一是"匪魂",还有一个是什么呢?也许是"民魂"罢,我不很能够决定。又因为我的见闻很偏隘,所以未敢悉指中国全社会,只好缩而小之曰"学界"。

中国人的官瘾实在深,汉重孝廉而有埋儿刻木,宋重理学而有高帽破靴,清重帖括而有"且夫""然则"。总而言之:那魂灵就在做官,——行官势,摆官腔,打官话。顶着一个皇帝做傀儡,得罪了官就是得罪了皇帝,于是那些人就得了雅号曰"匪徒"。学界的打官话是始于去年,凡反对章士钊的都得了"土匪"、"学匪"、"学棍"的称号,但仍然不知道从谁的口中说出,所以还不外乎一种"流言"。

但这也足见去年学界之糟了,竟破天荒的有了学匪。以大点的国事来比罢,太平盛世,是没有匪的;待到群盗如毛时,看旧史,一定是外戚,宦官,奸臣,小人当国,即使大打一通官话,那结果也还是"呜呼哀哉"。当这"呜呼哀哉"之前,小民便大抵相率而为盗,所以我相信源增先生的话:"表面上看只是些土匪与强盗,其实是农民革命军。"(《国民新报副刊》四三)那么,社会不是改进了么？并不，我虽然也是被谥为"土匪"之一，却并不想为老前辈们饰非掩过。农民是不来夺取政权的，源增先生又道："任三五热心家将皇帝推倒，自己过皇帝瘾去。"但这时候，匪便被称为帝，除遗老外，文人学者却都来恭维，又称反对他的为匪了。

所以中国的国魂里大概总有这两种魂：官魂和匪魂。这也并非硬要将我辈的魂挤进国魂里去，贪图与教授名流的魂为伍，只因为事实仿佛是这样。社会诸色人等，爱看《双官诰》，也爱看《四杰村》，望偏安巴蜀的刘玄德成功，也愿意打家劫舍的宋公明得法；至少，是受了官的恩惠时候则艳羡官僚，受了官的剥削时候便同情匪类。但这也是人情之常；倘使连这一点反抗心都没有，岂不就成为万劫不复的奴才了？

然而国情不同，国魂也就两样。记得在日本留学时候，有些同学问我在中国最有大利的买卖是什么，我答道："造反。"他们便大骇怪。在万世一系的国度里，那时听到皇帝可以一脚踢落，就如我们听说父母可以一棒打杀一般。为一部分士女所心悦诚服的李景林先生，可就深知此意了，要是报纸上所传非虚。今天的《京报》即载着他对某外交官的谈话道："予预计于旧历正月间，当能与君在天津晤谈；若天津攻击竟至失败，则拟俟三四月间卷土重来，若再失败，则暂投土匪，徐养兵力，以待时机"云。但他所希望的不是做皇帝，那大概是因为中华民国之故罢。

所谓学界，是一种发生较新的阶级，本该可以有将旧魂灵略加涮洗之望了，但听到"学官"的官话，和"学匪"的新名，则似乎还走着旧道路。那末，当然也得打倒的。这来打倒他的是"民魂"，是国魂的第三种。先前不很发扬，所以一闹之后，终不自取政权，而只"任三五热心家将皇帝推倒，自己过皇帝瘾去"了。

惟有民魂是值得宝贵的，惟有他发扬起来，中国才有真进步。但是，当此连学界也倒走旧路的时候，怎能轻易地发挥得出来呢？在乌烟瘴气之中，有官之所谓"匪"和民之所谓匪；有官之所谓"民"和民之所谓民；有官以为"匪"而其实是真的国民，有官以为"民"而其实是衙役和马弁。所以貌似"民魂"的，有时仍不免为"官魂"，这是鉴别魂灵者所应该十分注意的。

话又说远了，回到本题去。去年，自从章士钊提了"整顿学风"的招牌，上了教育总长的大任之后，学界里就官气弥漫，顺我者"通"，逆我者"匪"，官腔官话的余气，至今还没有完。但学界却也幸而因此分清了颜色；只是代表官魂的还不是章士钊，因为上头还有"减膳"执政在，他至多不过做了一个官魄；现在是在天津"徐养兵力，以待时机"了。我不看《甲寅》，不知道说些什么话：官话呢，匪话呢，民话呢，衙役马弁话呢？……

一月二十四日。

灯下漫笔

一

有一时,就是民国二三年时候,北京的几个国家银行的钞票,信用日见其好了,真所谓蒸蒸日上。听说连一向执迷于现银的乡下人,也知道这既便当,又可靠,很乐意收受,行使了。至于稍明事理的人,则不必是"特殊知识阶级",也早不将沉重累坠的银元装在怀中,来自讨无谓的苦吃。想来,除了多少对于银子有特别嗜好和爱情的人物之外,所有的怕大都是钞票了罢,而且多是本国的。但可惜后来忽然受了一个不小的打击。

就是袁世凯想做皇帝的那一年,蔡松坡先生溜出北京,到云南去起义。这边所受的影响之一,是中国和交通银行的停止兑现。虽然停止兑现,政府勒令商民照旧行用的威力却还有的;商民也自有商民的老本领,不说不要,却道找不出零钱。假如拿几十几百的钞票去买东西,我不知道怎样,但倘使只要买一枝笔,一盒烟卷呢,难道就付给一元钞票么?不但不甘心,也没有这许多票。那么,换铜元,少换几个罢,又都说没有铜元。那么,到亲戚朋友那里借现钱去罢,怎么会有?于是降格以求,不讲爱国了,要外国银行的钞票。但外国银行的钞票这时就等于现银,他如果借给你这钞票,也就借给你真的银元了。

我还记得那时我怀中还有三四十元的中交票,可是忽而变了一个穷人,几乎要绝食,很有些恐慌。俄国革命以后的藏着纸卢布的富翁的心情,恐怕也就这样的罢;至多,不过更深更大罢了。我只得探听,钞票可能折价换到现银呢?说是没有行市。幸而终于,暗暗地有了行市了:六折儿。我非常高兴,赶紧去卖了一半。后来又涨到七折了,我更非常高兴,全去换了现银,沉垫垫地坠在怀中,似乎这就是我的性命的斤两。倘在平时,钱铺子如果少给我一个铜元,我是决不答应的。

但我当一包现银塞在怀中,沉垫垫地觉得安心,喜欢的时候,却突然起了另一思想,就是:我们极容易变成奴隶,而且变了之后,还万分喜欢。

假如有一种暴力,"将人不当人",不但不当人,还不及牛马,不算什么东西;待到人们羡慕牛马,发生"乱离人,不及太平犬"的叹息的时候,然后给与他略等于牛马的价格,有如元朝定律,打死别人的奴隶,赔一头牛,则人们便要心悦诚服,恭颂太平的盛世。为什么呢？因为他虽不算人，究竟已等于牛马了。

我们不必恭读《钦定二十四史》，或者入研究室，审察精神文明的高超。只要一翻孩子所读的《鉴略》，——还嫌烦重，则看《历代纪元编》，就知道"三千余年古国古"的中华，历来所闹的就不过是这一个小玩艺。但在新近编纂的所谓"历史教科书"一流东西里，却不大看得明白了，只仿佛说：咱们向来就很好的。

但实际上，中国人向来就没有争到过"人"的价格，至多不过是奴隶，到现在还如此，然而下于奴隶的时候，却是数见不鲜的。中国的百姓是中立的，战时连自己也不知道属于那一面，但又属于无论那一面。强盗来了，就属于官，当然该被杀掠；官兵既到，该是自家人了罢，但仍然要被杀掠，仿佛又属于强盗似的。这时候，百姓就希望有一个一定的主子，拿他们去做百姓，——不敢，是拿他们去做牛马，情愿自己寻草吃，只求他决定他们怎样跑。

假使真有谁能够替他们决定,定下什么奴隶规则来,自然就"皇恩浩荡"了。可惜的是往往暂时没有谁能定。举其大者,则如五胡十六国的时候,黄巢的时候,五代时候,宋末元末时候,除了老例的服役纳粮以外,都还要受意外的灾殃。张献忠的脾气更古怪了,不服役纳粮的要杀,服役纳粮的也要杀,敌他的要杀,降他的也要杀:将奴隶规则毁得粉碎。这时候,百姓就希望来一个另外的主子,较为顾及他们的奴隶规则的,无论仍旧,或者新颁,总之是有一种规则,使他们可上奴隶的轨道。

"时日曷丧,予及汝偕亡!"愤言而已,决心实行的不多见。实际上大概是群盗如麻,纷乱至极之后,就有一个较强,或较聪明,或较狡猾,或是外族的人物出来,较有秩序地收拾了天下。厘定规则:怎样服役,怎样纳粮,怎样磕头,怎样颂圣。而且这规则是不像现在那样朝三暮四的。于是便"万姓胪欢"了;用成语来说，就叫作"天下太平"。

任凭你爱排场的学者们怎样铺张，修史时候设些什么"汉族发祥时代""汉族发达时代""汉族中兴时代"的好题目，好意诚然是可感的，但措辞太绕湾子了。有更其直捷了当的说法在这里——

一，想做奴隶而不得的时代；

二，暂时做稳了奴隶的时代。

这一种循环，也就是"先儒"之所谓"一治一乱"；那些作乱人物，从后日的"臣民"看来，是给"主子"清道辟路的，所以说："为圣天子驱除云尔。"

现在入了那一时代，我也不了然。但看国学家的崇奉国粹，文学家的赞叹固有文明，道学家的热心复古，可见于现状都已不满了。然而我们究竟正向着那一条路走呢？百姓是一遇到莫名其妙的战争，稍富的迁进租界，妇孺则避入教堂里去了，因为那些地方都比较的"稳"，暂不至于想做奴隶而不得。总而言之，复古的,避难的,无智愚贤不肖,似乎都已神往于三百年前的太平盛世,就是"暂时做稳了奴隶的时代"了。

但我们也就都像古人一样,永久满足于"古已有之"的时代么? 都像复古家一样,不满于现在,就神往于三百年前的太平盛世么?

自然,也不满于现在的,但是,无须反顾,因为前面还有道路在。而创造这中国历史上未曾有过的第三样时代,则是现在的青年的使命!

二

但是赞颂中国固有文明的人们多起来了,加之以外国人。我常常想,凡有来到中国的,倘能疾首蹙额而憎恶中国,我敢诚意地捧献我的感谢,因为他一定是不愿意吃中国人的肉的!

鹤见祐辅氏在《北京的魅力》中,记一个白人将到中国，预定的暂住时候是一年，但五年之后，还在北京，而且不想回去了。有一天，他们两人一同吃晚饭——

"在圆的桃花心木的食桌前坐定，川流不息地献着山海的珍味，谈话就从古董，画，政治这些开头。电灯上罩着支那式的灯罩，淡淡的光洋溢于古物罗列的屋子中。什么无产阶级呀，Proletariat呀那些事，就像不过在什么地方刮风。

"我一面陶醉在支那生活的空气中，一面深思着对于外人有着'魅力'的这东西。元人也曾征服支那，而被征服于汉人种的生活美了；满人也征伐支那，而被征服于汉人种的生活美了。现在西洋人也一样，嘴里虽然说着Democracy呀，什么什么呀，而却被魅于支那人费六千年而建筑起来的生活的美。一经住过北京，就忘不掉那生活的味道。大风时候的万丈的沙尘，每三月一回的督军们的开战游戏，都不能抹去这支那生活的魅力。"

这些话我现在还无力否认他。我们的古圣先贤既给与我们保古守旧的格言，但同时也排好了用子女玉帛所做的奉献于征服者的大宴。中国人的耐劳，中国人的多子，都就是办酒的材料，到现在还为我们的爱国者所自诩的。西洋人初入中国时，被称为蛮夷，自不免个个蹙额，但是，现在则时机已至，到了我们将曾经献于北魏，献于金，献于元，献于清的盛宴，来献给他们的时候了。出则汽车，行则保护：虽遇清道，然而通行自由的；虽或被劫，然而必得赔偿的；孙美瑶掳去他们站在军前，还使官兵不敢开火。何况在华屋中享用盛宴呢？待到享受盛宴的时候，自然也就是赞颂中国固有文明的时候；但是我们的有些乐观的爱国者,也许反而欣然色喜,以为他们将要开始被中国同化了罢。古人曾以女人作苟安的城堡,美其名以自欺曰"和亲",今人还用子女玉帛为作奴的贽敬,又美其名曰"同化"。所以倘有外国的谁,到了已有赴宴的资格的现在,而还替我们诅咒中国的现状者,这才是真有良心的真可佩服的人!

但我们自己是早已布置妥帖了,有贵贱,有大小,有上下。自己被人凌虐,但也可以凌虐别人;自己被人吃,但也可以吃别人。一级一级的制驭着,不能动弹,也不想动弹了。因为倘一动弹,虽或有利,然而也有弊。我们且看古人的良法美意罢——

> "天有十日,人有十等。下所以事上,上所以共神也。故王臣公,公臣大夫,大夫臣士,士臣皂,皂臣舆,舆臣隶,隶臣僚,僚臣仆,仆臣台。"
> (《左传》昭公七年)

但是"台"没有臣,不是太苦了么?无须担心的,有比他更卑的妻,更弱的子在。而且其子也很有希望,他日长大,升而为"台",便又有更卑更弱的妻子,供他驱使了。如此连环,各得其所,有敢非议者,其罪名曰不安分!

虽然那是古事,昭公七年离现在也太辽远了,但"复古家"尽可不必悲观的。太平的景象还在:常有兵燹,常有水旱,可有谁听到大叫唤么?打的打,革的革,可有处士来横议么?对国民如何专横,向外人如何柔媚,不犹是差等的遗风么?中国固有的精神文明,其实并未为共和二字所埋没,只有满人已经退席,和先前稍不同。

因此我们在目前,还可以亲见各式各样的筵宴,有烧烤,有翅席,有便饭,有西餐。但茅檐下也有淡饭,路傍也有残羹,野上也有饿莩;有吃烧烤的身价不资的阔人,也有饿得垂死的每斤八文的孩子(见《现代评论》二十一期）。所谓中国的文明者，其实不过是安排给阔人享用的人肉的筵宴。所谓中国者，其实不过是安排这人肉的筵宴的厨房。不知道而赞颂者是可恕的，否则，此辈当得永远的诅咒！

外国人中，不知道而赞颂者，是可恕的；占了高位，养尊处优，因此受了蛊惑，昧却灵性而赞叹者，也还可恕的。可是还有两种，其一是以中国人为劣种，只配悉照原来模样，因而故意称赞中国的旧物。其一是愿世间人各不相同以增自己旅行的兴趣，到中国看辫子，到日本看木屐，到高丽看笠子，倘若服饰一样，便索然无味了，因而来反对亚洲的欧化。这些都可憎恶。至于罗素在西湖见轿夫含笑，便赞美中国人，则也许别有意思罢。但是，轿夫如果能对坐轿的人不含笑，中国也早不是现在似的中国了。

这文明，不但使外国人陶醉，也早使中国一切人们无不陶醉而且至于含笑。因为古代传来而至今还在的许多差别,使人们各各分离,遂不能再感到别人的痛苦;并且因为自己各有奴使别人,吃掉别人的希望,便也就忘却自己同有被奴使被吃掉的将来。于是大小无数的人肉的筵宴,即从有文明以来一直排到现在,人们就在这会场中吃人,被吃,以凶人的愚妄的欢呼,将悲惨的弱者的呼号遮掩,更不消说女人和小儿。

这人肉的筵宴现在还排着,有许多人还想一直排下去。扫荡这些食人者,掀掉这筵席,毁坏这厨房,则是现在的青年的使命!

一九二五年四月二十九日。

记谈话

　　鲁迅先生快到厦门去了,虽然他自己说或者因天气之故而不能在那里久住,但至少总有半年或一年不在北京,这实在是我们认为很使人留恋的一件事。八月二十二日,女子师范大学学生会举行毁校周年纪念,鲁迅先生到会,曾有一番演说,我恐怕这是他此次在京最后的一回公开讲演,因此把它记下来,表示我一点微弱的纪念的意思。人们一提到鲁迅先生,或者不免觉得他稍微有一点过于冷静,过于默视的样子,而其实他是无时不充满着热烈的希望,发挥着丰富的感情的。在这一次谈话里,尤其可以显明地看出他的主张;那么,我把他这一次的谈话记下,作为他出京的纪念,也许不是完全没有重大的意义罢。我自己,为免得老实人费心起见,应该声明一下:那天的会,我是以一个小小的办事员的资格参加的。

(培良)

我昨晚上在校《工人绥惠略夫》,想要另印一回,睡得太迟了,到现在还没有很醒;正在校的时候,忽然想到一些事情,弄得脑子里很混乱,一直到现在还是很混乱,所以今天恐怕不能有什么多的话可说。

提到我翻译《工人绥惠略夫》的历史,倒有点有趣。十二年前,欧洲大混战开始了,后来我们中国也参加战事,就是所谓"对德宣战";派了许多工人到欧洲去帮忙;以后就打胜了,就是所谓"公理战胜"。中国自然也要分得战利品,——有一种是在上海的德国商人的俱乐部里的德文书,总数很不少,文学居多,都搬来放在午门的门楼上。教育部得到这些书,便要整理一下,分类一下,——其实是他们本来分类好了的,然而有些人以为分得不好,所以要从新分一下。——当时派了许多人,我也是其中的一个。后来,总长要看看那些书是什么书了。怎样看法呢?叫我们用中文将书名译出来,有义译义,无义译音,该撒呀,克来阿派忒拉呀,大马色呀……。每人每月有十块钱的车费,我也拿了百来块钱,因为那时还有一点所谓行政费。这样的几里古鲁了一年多,花了几千块钱,对德和约成立了,后来德国来取还,便仍由点收的我们全盘交付,——也许少了几本罢。至于"克来阿派忒拉"之类,总长看了没有,我可不得而知了。

据我所知道的说,"对德宣战"的结果,在中国有一座中央公园里的"公理战胜"的牌坊,在我就只有一篇这《工人绥惠略夫》的译本,因为那底本,就是从那时整理着的德文书里挑出来的。

那一堆书里文学书多得很,为什么那时偏要挑中这一篇呢?那意思,我现在有点记不真切了。大概,觉得民国以前,以后,我们也有许多改革者,境遇和绥惠略夫很相像,所以借借他人的酒杯罢。然而昨晚上一看,岂但那时,譬如其中的改革者的被迫,代表的吃苦,便是现在,——便是将来,便是几十年以后,我想,还要有许多改革者的境遇和他相像的。所以我打算将它重印一下……。

《工人绥惠略夫》的作者阿尔志跋绥夫是俄国人。现在一提到俄国,似乎就使人心惊胆战。但是,这是大可以不必的,阿尔志跋绥夫并非共产党,他的作品现在在苏俄也并不受人欢迎。听说他已经瞎了眼睛,很在吃苦,那当然更不会送我一个卢布……。总而言之:和苏俄是毫不相干。但奇怪的是有许多事情竟和中国很相像,譬如,改革者,代表者的受苦,不消说了;便是教人要安本分的老婆子,也正如我们的文人学士一般。有一个教员因为不受上司的辱骂而被革职了,她背地里责备他,说他"高傲"得可恶,"你看,我以前被我的主人打过两个嘴巴,可是我一句话都不说,忍耐着。究竟后来他们知道我冤枉了,就亲手赏了我一百卢布。"自然,我们的文人学士措辞决不至于如此拙直,文字也还要华赡得多。

然而绥惠略夫临末的思想却太可怕。他先是为社会做事,社会倒迫害他,甚至于要杀害他,他于是一变而为向社会复仇了,一切是仇仇,一切都破坏。中国这样破坏一切的人还不见有,大约也不会有的,我也并不希望其有。但中国向来有别一种破坏的人,所以我们不去破坏的,便常常受破坏。我们一面被破坏,一面修缮着,辛辛苦苦地再过下去。所以我们的生活,便成了一面受破坏,一面修补,一面受破坏，一面修补的生活了。这个学校，也就是受了杨荫榆章士钊们的破坏之后，修补修补，整理整理，再过下去的。

俄国老婆子式的文人学士也许说，这是"高傲"得可恶了，该得惩罚。这话自然很像不错的，但也不尽然。我的家里还住着一个乡下人，因为战事，她的家没有了，只好逃进城里来。她实在并不"高傲"，也没有反对过杨荫榆，然而她的家没有了，受了破坏。战事一完，她一定要回去的，即使屋子破了，器具抛了，田地荒了，她也还要活下去。她大概只好搜集一点剩下的东西，修补修补，整理整理，再来活下去。

中国的文明，就是这样破坏了又修补，破坏了又修补的疲乏伤残可怜的东西。但是很有人夸耀它，甚至于连破坏者也夸耀它。便是破坏本校的人，假如你派他到万国妇女的什么会里去，请他叙述中国女学的情形，他一定说，我们中国有一个国立北京女子师范大学在。

这真是万分可惜的事,我们中国人对于不是自己的东西,或者将不为自己所有的东西,总要破坏了才快活的。杨荫榆知道要做不成这校长,便文事用文士的"流言",武功用三河的老妈,总非将一班"毛鸦头"赶尽杀绝不可。先前我看见记载上说的张献忠屠戮川民的事,我总想不通他是什么意思;后来看到别一本书,这才明白了:他原是想做皇帝的,但是李自成先进北京,做了皇帝了,他便要破坏李自成的帝位。怎样破坏法呢?做皇帝必须有百姓;他杀尽了百姓,皇帝也就谁都做不成了。既无百姓,便无所谓皇帝,于是只剩了一个李自成,在白地上出丑,宛如学校解散后的校长一般。这虽然是一个可笑的极端的例,但有这一类的思想的,实在并不止张献忠一个人。

我们总是中国人,我们总要遇见中国事,但我们不是中国式的破坏者,所以我们是过着受破坏了又修补,受破坏了又修补的生活。我们的许多寿命白费了。我们所可以自慰的,想来想去,也还是所谓对于将来的希望。希望是附丽于存在的,有存在,便有希望,有希望,便是光明。如果历史家的话不是诳话,则世界上的事物可还没有因为黑暗而长存的先例。黑暗只能附丽于渐就灭亡的事物,一灭亡,黑暗也就一同灭亡了,它不永久。然而将来是永远要有的,并且总要光明起来;只要不做黑暗的附着物,为光明而灭亡,则我们一定有悠久的将来,而且一定是光明的将来。

  我赴这会的后四日,就出北京了。在上海看见日报,知道女师大已改为女子学院的师范部,教育总长任可澄自做院长,师范部的学长是林素园。后来看见北京九月五日的晚报,有一条道:

"今日下午一时半,任可澄特同林氏,并率有警察厅保安队及军督察处兵士共四十左右,驰赴女师大,武装接收。……"原来刚一周年,又看见用兵了。不知明年这日,还是带兵的开得校纪念呢,还是被兵的开毁校纪念?现在姑且将培良君的这一篇转录在这里,先作一个本年的纪念罢。

(一九二六年十月十四日,鲁迅附记。)

黄花节的杂感

黄花节将近了,必须做一点所谓文章。但对于这一个题目的文章,教我做起来,实在近于先前的在考场里"对空策"。因为,——说出来自己也惭愧,——黄花节这三个字,我自然明白它是什么意思的;然而战死在黄花冈头的战士们呢,不但姓名,连人数也不知道。

为寻些材料,好发议论起见,只得查《辞源》。书里面有是有的,可不过是:

"黄花冈。地名,在广东省城北门外白云山之麓。清宣统三年三月二十九日,革命党数十人,攻袭督署,不成而死,丛葬于此。"

轻描淡写,和我所知道的差不多,于我并不能有所裨益。

我又愿意知道一点十七年前的三月二十九日的情形,但一时也找不到目击耳闻的耆老。从别的地方——如北京,南京,我的故乡——的例子推想起来,当时大概有若干人痛惜,若干人快意,若干人没有什么意见,若干人当作酒后茶余的谈助的罢。接着便将被人们忘却。久受压制的人们,被压制时只能忍苦,幸而解放了便只知道作乐,悲壮剧是不能久留在记忆里的。

但是三月二十九日的事却特别,当时虽然失败,十月就是武昌起义,第二年,中华民国便出现了。于是这些失败的战士,当时也就成为革命成功的先驱,悲壮剧刚要收场,又添上一个团圆剧的结束。这于我们是很可庆幸的,我想,在纪念黄花节的时候便可以看出。

我还没有亲自遇见过黄花节的纪念,因为久在北方。不过,中山先生的纪念日却遇见过了:在学校里,晚上来看演剧的特别多,连凳子也踏破了几条,非常热闹。用这例子来推断,那么,黄花节也一定该是极其热闹的罢。

当三月十二日那天的晚上,我在热闹场中,便深深地更感得革命家的伟大。我想,恋爱成功的时候,一个爱人死掉了,只能给生存的那一个以悲哀。然而革命成功的时候,革命家死掉了,却能每年给生存的大家以热闹,甚而至于欢欣鼓舞。惟独革命家,无论他生或死,都能给大家以幸福。同是爱,结果却有这样地不同,正无怪现在的青年,很有许多感到恋爱和革命的冲突的苦闷。

以上的所谓"革命成功",是指暂时的事而言;其实是"革命尚未成功"的。革命无止境,倘使世上真有什么"止于至善",这人间世便同时变了凝固的东西了。不过,中国经了许多战士的精神和血肉的培养,却的确长出了一点先前所没有的幸福的花果来,也还有逐渐生长的希望。倘若不像有,那是因为继续培养的人们少,而赏玩,攀折这花,摘食这果实的人们倒是太多的缘故。

我并非说,大家都须天天去痛哭流涕,以凭吊先烈的"在天之灵",一年中有一天记起他们也就可以了。但就广东的现在而论,我却觉得大家对于节日的办法,还须改良一点。黄花节很热闹,热闹一天自然也好;热闹得疲劳了,回去就好好地睡一觉。然而第二天,元气恢复了,就该加工做一天自己该做的工作。这当然是劳苦的,但总比枪弹从致命的地方穿过去要好得远;何况这也算是在培养幸福的花果,为着后来的人们呢。

三月二十四日夜。

略论中国人的脸

　　大约人们一遇到不大看惯的东西,总不免以为他古怪。我还记得初看见西洋人的时候,就觉得他脸太白,头发太黄,眼珠太淡,鼻梁太高。虽然不能明明白白地说出理由来,但总而言之:相貌不应该如此。至于对于中国人的脸,是毫无异议;即使有好丑之别,然而都不错的。

　　我们的古人,倒似乎并不放松自己中国人的相貌。周的孟轲就用眸子来判胸中的正不正,汉朝还有《相人》二十四卷。后来闹这玩艺儿的尤其多;分起来,可以说有两派罢:一是从脸上看出他的智愚贤不肖;一是从脸上看出他过去,现在和将来的荣枯。于是天下纷纷,从此多事,许多人就都战战兢兢地研究自己的脸。我想,镜子的发明,恐怕这些人和小姐们是大有功劳的。不过近来前一派已经不大有人讲究,在北京上海这些地方捣鬼的都只是后一派了。

我一向只留心西洋人。留心的结果,又觉得他们的皮肤未免太粗;毫毛有白色的,也不好。皮上常有红点,即因为颜色太白之故,倒不如我们之黄。尤其不好的是红鼻子,有时简直像是将要熔化的蜡烛油,仿佛就要滴下来,使人看得栗栗危惧,也不及黄色人种的较为隐晦,也见得较为安全。总而言之:相貌还是不应该如此的。

后来,我看见西洋人所画的中国人,才知道他们对于我们的相貌也很不敬。那似乎是《天方夜谈》或者《安兑生童话》中的插画,现在不很记得清楚了。头上戴着拖花翎的红缨帽,一条辫子在空中飞扬,朝靴的粉底非常之厚。但这些都是满洲人连累我们的。独有两眼歪斜,张嘴露齿,却是我们自己本来的相貌。不过我那时想,其实并不尽然,外国人特地要奚落我们,所以格外形容得过度了。

但此后对于中国一部分人们的相貌,我也逐渐感到一种不满,就是他们每看见不常见的事件或华丽的女人,听到有些醉心的说话的时候,下巴总要慢慢挂下,将嘴张了开来。这实在不大雅观;仿佛精神上缺少着一样什么机件。据研究人体的学者们说,一头附着在上颚骨上,那一头附着在下颚骨上的"咬筋",力量是非常之大的。我们幼小时候想吃核桃,必须放在门缝里将它的壳夹碎。但在成人,只要牙齿好,那咬筋一收缩,便能咬碎一个核桃。有着这么大的力量的筋,有时竟不能收住一个并不沉重的自己的下巴,虽然正在看得出神的时候,倒也情有可原,但我总以为究竟不是十分体面的事。

日本的长谷川如是闲是善于做讽刺文字的。去年我见过他的一本随笔集,叫作《猫·狗·人》;其中有一篇就说到中国人的脸。大意是初见中国人,即令人感到较之日本人或西洋人,脸上总欠缺着一点什么。久而久之,看惯了,便觉得这样已经尽够,并不缺少东西;倒是看得西洋人之流的脸上,多余着一点什么。这多余着的东西,他就给它一个不大高妙的名目:兽性。中国人的脸上没有这个,是人,则加上多余的东西,即成了下列的算式:

人＋兽性＝西洋人

他借了称赞中国人,贬斥西洋人,来讥刺日本人的目的,这样就达到了,自然不必再说这兽性的不见于中国人的脸上,是本来没有的呢,还是现在已经消除。如果是后来消除的,那么,是渐渐净尽而只剩了人性的呢,还是不过渐渐成了驯顺。野牛成为家牛,野猪成为猪，狼成为狗，野性是消失了，但只足使牧人喜欢，于本身并无好处。人不过是人，不再夹杂着别的东西，当然再好没有了。倘不得已，我以为还不如带些兽性，如果合于下列的算式倒是不很有趣的：

人＋家畜性＝某一种人

中国人的脸上真可有兽性的记号的疑案，暂且中止讨论罢。我只要说近来却在中国人所理想的古今人的脸上，看见了两种多余。一到广州，我觉得比我所从来的厦门丰富得多的，是电影，而且大半是"国片"，有古装的，有时装的。因为电影是"艺术"，所以电影艺术家便将这两种多余加上去了。

古装的电影也可以说是好看，那好看不下于看戏；至少，决不至于有大锣大鼓将人的耳朵震聋。在"银幕"上，则有身穿不知何时何代的衣服的人物，缓慢地动作；脸正如古人一般死，因为要显得活，便只好加上些旧式戏子的昏庸。

时装人物的脸，只要见过清朝光绪年间上海的吴友如的《画报》的，便会觉得神态非常相像。《画报》所画的大抵不是流氓拆梢，便是妓女吃醋，所以脸相都狡猾。这精神似乎至今不变，国产影片中的人物，虽是作者以为善人杰士者，眉宇间也总带些上海洋场式的狡猾。可见不如此，是连善人杰士也做不成的。

听说，国产影片之所以多，是因为华侨欢迎，能够获利，每一新片到，老的便带了孩子去指点给他们看道："看哪，我们的祖国的人们是这样的。"在广州似乎也受欢迎，日夜四场，我常见看客坐得满满。

广州现在也如上海一样，正在这样地修养他们的趣味。可惜电影一开演，电灯一定熄灭，我不能看见人们的下巴。

四月六日。

魏晋风度及文章与药及酒之关系

——九月间在广州夏期学术演讲会讲

我今天所讲的,就是黑板上写着的这样一个题目。

中国文学史,研究起来,可真不容易,研究古的,恨材料太少,研究今的,材料又太多,所以到现在,中国较完全的文学史尚未出现。今天讲的题目是文学史上的一部分,也是材料太少,研究起来很有困难的地方。因为我们想研究某一时代的文学,至少要知道作者的环境,经历和著作。

汉末魏初这个时代是很重要的时代,在文学方面起一个重大的变化,因当时正在黄巾和董卓大乱之后,而且又是党锢的纠纷之后,这时曹操出来了。——不过我们讲到曹操,很容易就联想起《三国志演义》,更而想起戏台上那一位花面的奸臣,但这不是观察曹操的真正方法。现在我们再看历史,在历史上的记载和论断有时也是极靠不住的,不能相信的地方很多,因为通常我们晓得,某朝的年代长一点,其中必定好人多;某朝的年代短一点,其中差不多没有好人。为什么呢?因为年代长了,做史的是本朝人,当然恭维本朝的人物,年代短了,做史的是别朝人,便很自由地贬斥其异朝的人物,所以在秦朝,差不多在史的记载上半个好人也没有。曹操在史上年代也是颇短的,自然也逃不了被后一朝人说坏话的公例。其实,曹操是一个很有本事的人,至少是一个英雄,我虽不是曹操一党,但无论如何,总是非常佩服他。

研究那时的文学,现在较为容易了,因为已经有人做过工作:在文集一方面有清严可均辑的《全上古三代秦汉三国晋南北朝文》。其中于此有用的,是《全汉文》,《全三国文》,《全晋文》。

在诗一方面有丁福保辑的《全汉三国晋南北朝诗》。——丁福保是做医生的,现在还在。

辑录关于这时代的文学评论有刘师培编的《中国中古文学史》。这本书是北大的讲义,刘先生已死,此书由北大出版。

上面三种书对于我们的研究有很大的帮助。能使我们看出这时代的文学的确有点异彩。

我今天所讲,倘若刘先生的书里已详的,我就略一点;反之,刘先生所略的,我就较详一点。

董卓之后,曹操专权。在他的统治之下,第一个特色便是尚刑名。他的立法是很严的,因为当大乱之后,大家都想做皇帝,大家都想叛乱,故曹操不能不如此。曹操曾自己说过:"倘无我,不知有多少人称王称帝!"这句话他倒并没有说谎。因此之故,影响到文章方面，成了清峻的风格。——就是文章要简约严明的意思。

此外还有一个特点，就是尚通脱。他为什么要尚通脱呢？自然也与当时的风气有莫大的关系。因为在党锢之祸以前，凡党中人都自命清流，不过讲"清"讲得太过，便成固执，所以在汉末，清流的举动有时便非常可笑了。

比方有一个有名的人，普通的人去拜访他，先要说几句话，倘这几句话说得不对，往往会遭倨傲的待遇，叫他坐到屋外去，甚而至于拒绝不见。

又如有一个人，他和他的姊夫是不对的，有一回他到姊姊那里去吃饭之后，便要将饭钱算回给姊姊。她不肯要，他就于出门之后，把那些钱扔在街上，算是付过了。

个人这样闹闹脾气还不要紧，若治国平天下也这样闹起执拗的脾气来，那还成甚么话？所以深知此弊的曹操要起来反对这种习气,力倡通脱。通脱即随便之意。此种提倡影响到文坛,便产生多量想说甚么便说甚么的文章。

更因思想通脱之后,废除固执,遂能充分容纳异端和外来的思想,故孔教以外的思想源源引入。

总括起来,我们可以说汉末魏初的文章是清峻,通脱。在曹操本身,也是一个改造文章的祖师,可惜他的文章传的很少。他胆子很大,文章从通脱得力不少,做文章时又没有顾忌,想写的便写出来。

所以曹操征求人才时也是这样说,不忠不孝不要紧,只要有才便可以。这又是别人所不敢说的。曹操做诗,竟说是"郑康成行酒伏地气绝",他引出离当时不久的事实,这也是别人所不敢用的。还有一样,比方人死时,常常写点遗令,这是名人的一件极时髦的事。当时的遗令本有一定的格式,且多言身后当葬于何处何处,或葬于某某名人的墓旁;操独不然,他的遗令不但没有依着格式,内容竟讲到遗下的衣服和伎女怎样处置等问题。

陆机虽然评曰"贻尘谤于后王",然而我想他无论如何是一个精明人,他自己能做文章,又有手段,把天下的方士文士统统搜罗起来,省得他们跑在外面给他捣乱。所以他帷幄里面,方士文士就特别地多。

孝文帝曹丕,以长子而承父业,篡汉而即帝位。他也是喜欢文章的。其弟曹植,还有明帝曹叡,都是喜欢文章的。不过到那个时候,于通脱之外,更加上华丽。丕著有《典论》,现已失散无全本,那里面说:"诗赋欲丽","文以气为主"。《典论》的零零碎碎,在唐宋类书中;一篇整的《论文》,在《文选》中可以看见。

后来有一般人很不以他的见解为然。他说诗赋不必寓教训,反对当时那些寓训勉于诗赋的见解,用近代的文学眼光看来,曹丕的一个时代可说是"文学的自觉时代",或如近代所说是为艺术而艺术(Art for

Art's Sake)的一派。所以曹丕做的诗赋很好,更因他以"气"为主,故于华丽以外,加上壮大。归纳起来,汉末,魏初的文章,可说是:"清峻,通脱,华丽,壮大。"在文学的意见上,曹丕和曹植表面上似乎是不同的。曹丕说文章事可以留名声于千载;但子建却说文章小道,不足论的。据我的意见,子建大概是违心之论。这里有两个原因,第一,子建的文章做得好,一个人大概总是不满意自己所做而羡慕他人所为的,他的文章已经做得好,于是他便敢说文章是小道;第二,子建活动的目标在于政治方面,政治方面不甚得志,遂说文章是无用了。

曹操曹丕以外,还有下面的七个人:孔融,陈琳,王粲,徐幹,阮瑀,应瑒,刘桢,都很能做文章,后来称为"建安七子"。七人的文章很少流传,现在我们很难判断;但,大概都不外是"慷慨","华丽"罢。华丽即曹丕所主张,慷慨就因当天下大乱之际,亲戚朋友死于乱者特多,于是为文就不免带着悲凉,激昂和"慷慨"了。

七子之中,特别的是孔融,他专喜和曹操捣乱。曹丕《典论》里有论孔融的,因此他也被拉进"建安七子"一块儿去。其实不对,很两样的。不过在当时,他的名声可非常之大。孔融作文,喜用讥嘲的笔调,曹丕很不满意他。孔融的文章现在传的也很少,就他所有的看起来,我们可以瞧出他并不大对别人讥讽,只对曹操。比方操破袁氏兄弟,曹丕把袁熙的妻甄氏拿来,归了自己,孔融就写信给曹操,说当初武王伐纣,将妲己给了周公了。操问他的出典,他说,以今例古,大概那时也是这样的。又比方曹操要禁酒,说酒可以亡国,非禁不可,孔融又反对他,说也有以女人亡国的,何以不禁婚姻?

其实曹操也是喝酒的。我们看他的"何以解忧?惟有杜康"的诗句,就可以知道。为什么他的行为会和议论矛盾呢？此无他，因曹操是个办事人，所以不得不这样做；孔融是旁观的人，所以容易说些自由话。曹操见他屡屡反对自己，后来借故把他杀了。他杀孔融的罪状大概是不孝。因为孔融有下列的两个主张：

第一，孔融主张母亲和儿子的关系是如瓶之盛物一样，只要在瓶内把东西倒了出来，母亲和儿子的关系便算完了。第二，假使有天下饥荒的一个时候，有点食物，给父亲不给呢？孔融的答案是：倘若父亲是不好的，宁可给别人。——曹操想杀他，便不惜以这种主张为他不忠不孝的根据，把他杀了。倘若曹操在世，我们可以问他，当初求才时就说不忠不孝也不要紧，为何又以不孝之名杀人呢？然而事实上纵使曹操再生，也没人敢问他，我们倘若去问他，恐怕他把我们也杀了！

与孔融一同反对曹操的尚有一个祢衡，后来给黄祖杀掉的。祢衡的文章也不错，而且他和孔融早是

"以气为主"来写文章的了。故在此我们又可知道,汉文慢慢壮大起来,是时代使然,非专靠曹操父子之功的。但华丽好看,却是曹丕提倡的功劳。

这样下去一直到明帝的时候,文章上起了个重大的变化,因为出了一个何晏。

何晏的名声很大,位置也很高,他喜欢研究《老子》和《易经》。至于他是怎样的一个人呢?那真相现在可很难知道,很难调查。因为他是曹氏一派的人,司马氏很讨厌他,所以他们的记载对何晏大不满。因此产生许多传说,有人说何晏的脸上是搽粉的,又有人说他本来生得白,不是搽粉的。但究竟何晏搽粉不搽粉呢?我也不知道。

但何晏有两件事我们是知道的。第一,他喜欢空谈,是空谈的祖师;第二,他喜欢吃药,是吃药的祖师。

此外,他也喜欢谈名理。他身子不好,因此不能不服药。他吃的不是寻常的药,是一种名叫"五石散"

的药。

"五石散"是一种毒药,是何晏吃开头的。汉时,大家还不敢吃,何晏或者将药方略加改变,便吃开头了。五石散的基本,大概是五样药:石钟乳,石硫黄,白石英,紫石英,赤石脂;另外怕还配点别样的药。但现在也不必细细研究它,我想各位都是不想吃它的。

从书上看起来,这种药是很好的,人吃了能转弱为强。因此之故,何晏有钱,他吃起来了;大家也跟着吃。那时五石散的流毒就同清末的鸦片的流毒差不多,看吃药与否以分阔气与否的。现在由隋巢元方做的《诸病源候论》的里面可以看到一些。据此书,可知吃这药是非常麻烦的,穷人不能吃,假使吃了之后,一不小心,就会毒死。先吃下去的时候,倒不怎样的,后来药的效验既显,名曰"散发"。倘若没有"散发",就有弊而无利。因此吃了之后不能休息,非走路不可,因走路才能"散发",所以走路名曰"行散"。比方我们看六朝人的诗,有云:"至城东行散",就是此意。后来做诗的人不知其故,以为"行散"即步行之意,所以不服药也以"行散"二字入诗,这是很笑话的。

走了之后,全身发烧,发烧之后又发冷。普通发冷宜多穿衣,吃热的东西。但吃药后的发冷刚刚要相反:衣少,冷食,以冷水浇身。倘穿衣多而食热物,那就非死不可。因此五石散一名寒食散。只有一样不必冷吃的,就是酒。

吃了散之后,衣服要脱掉,用冷水浇身;吃冷东西;饮热酒。这样看起来,五石散吃的人多,穿厚衣的人就少;比方在广东提倡,一年以后,穿西装的人就没有了。因为皮肉发烧之故,不能穿窄衣。为豫防皮肤被衣服擦伤,就非穿宽大的衣服不可。现在有许多人以为晋人轻裘缓带,宽衣,在当时是人们高逸的表现,其实不知他们是吃药的缘故。一班名人都吃药,穿的衣都宽大,于是不吃药的也跟着名人,把衣服宽大起来了!

还有,吃药之后,因皮肤易于磨破,穿鞋也不方便,故不穿鞋袜而穿屐。所以我们看晋人的画像或那时的文章,见他衣服宽大,不鞋而屐,以为他一定是很舒服,很飘逸的了,其实他心里都是很苦的。

更因皮肤易破,不能穿新的而宜于穿旧的,衣服便不能常洗。因不洗,便多虱。所以在文章上,虱子的地位很高,"扪虱而谈",当时竟传为美事。比方我今天在这里演讲的时候,扪起虱来,那是不大好的。但在那时不要紧,因为习惯不同之故。这正如清朝是提倡抽大烟的,我们看见两肩高耸的人,不觉得奇怪。现在就不行了,倘若多数学生,他的肩成为一字样,我们就觉得很奇怪了。

此外可见服散的情形及其他种种的书,还有葛洪的《抱朴子》。

到东晋以后,作假的人就很多,在街旁睡倒,说是

"散发"以示阔气。就像清时尊读书,就有人以墨涂唇,表示他是刚才写了许多字的样子。故我想,衣大,穿屐,散发等等,后来效之,不吃也学起来,与理论的提倡实在是无关的。

又因"散发"之时,不能肚饿,所以吃冷物,而且要赶快吃,不论时候,一日数次也不可定。因此影响到晋时"居丧无礼"。——本来魏晋时,对于父母之礼是很繁多的。比方想去访一个人,那么,在未访之前,必先打听他父母及其祖父母的名字,以便避讳。否则,嘴上一说出这个字音,假如他的父母是死了的,主人便会大哭起来——他记得父母了——给你一个大大的没趣。晋礼居丧之时,也要瘦,不多吃饭,不准喝酒。但在吃药之后,为生命计,不能管得许多,只好大嚼,所以就变成"居丧无礼"了。

居丧之际,饮酒食肉,由阔人名流倡之,万民皆从之,因为这个缘故,社会上遂尊称这样的人叫作名士派。

吃散发源于何晏，和他同志的，有王弼和夏侯玄两个人，与晏同为服药的祖师。有他三人提倡，有多人跟着走。他们三人多是会做文章，除了夏侯玄的作品流传不多外，王何二人现在我们尚能看到他们的文章。他们都是生于正始的，所以又名曰"正始名士"。但这种习惯的末流，是只会吃药，或竟假装吃药，而不会做文章。

东晋以后，不做文章而流为清谈，由《世说新语》一书里可以看到。此中空论多而文章少，比较他们三个差得远了。三人中王弼二十余岁便死了，夏侯何二人皆为司马懿所杀。因为他二人同曹操有关系，非死不可，犹曹操之杀孔融，也是借不孝做罪名的。

二人死后，论者多因其与魏有关而骂他，其实何晏值得骂的就是因为他是吃药的发起人。这种服散的风气，魏，晋，直到隋，唐，还存在着，因为唐时还有

"解散方",即解五石散的药方,可以证明还有人吃,不过少点罢了。唐以后就没有人吃,其原因尚未详,大概因其弊多利少,和鸦片一样罢?

晋名人皇甫谧作一书曰《高士传》,我们以为他很高超。但他是服散的,曾有一篇文章,自说吃散之苦。因为药性一发,稍不留心,即会丧命,至少也会受非常的苦痛,或要发狂;本来聪明的人,因此也会变成痴呆。所以非深知药性,会解救,而且家里的人多深知药性不可。晋朝人多是脾气很坏,高傲,发狂,性暴如火的,大约便是服药的缘故。比方有苍蝇扰他,竟至拔剑追赶;就是说话,也要胡胡涂涂地才好,有时简直是近于发疯。但在晋朝更有以痴为好的,这大概也是服药的缘故。

魏末,何晏他们以外,又有一个团体新起,叫做"竹林名士",也是七个,所以又称"竹林七贤"。正始名士服药,竹林名士饮酒。竹林的代表是嵇康和阮籍。但究竟竹林名士不纯粹是喝酒的,嵇康也兼服药,而阮籍则是专喝酒的代表。但嵇康也饮酒,刘伶也是这里面的一个。他们七人中差不多都是反抗旧礼教的。

这七人中,脾气各有不同。嵇阮二人的脾气都很大;阮籍老年时改得很好,嵇康就始终都是极坏的。

阮年青时,对于访他的人有加以青眼和白眼的分别。白眼大概是全然看不见眸子的,恐怕要练习很久才能够。青眼我会装,白眼我却装不好。

后来阮籍竟做到"口不臧否人物"的地步,嵇康却全不改变。结果阮得终其天年,而嵇竟丧于司马氏之手,与孔融何晏等一样,遭了不幸的杀害。这大概是因为吃药和吃酒之分的缘故:吃药可以成仙,仙是可以骄视俗人的;饮酒不会成仙,所以敷衍了事。

他们的态度,大抵是饮酒时衣服不穿,帽也不带。若在平时,有这种状态,我们就说无礼,但他们就不同。居丧时不一定按例哭泣;子之于父,是不能提父的名,但在竹林名士一流人中,子都会叫父的名号。旧传下来的礼教,竹林名士是不承认的。即如刘伶——他曾做过一篇《酒德颂》,谁都知道——他是不承认世界上从前规定的道理的,曾经有这样的事,有一次有客见他,他不穿衣服。人责问他;他答人说,天地是我的房屋,房屋就是我的衣服,你们为什么进我的裤子中来? 至于阮籍,就更甚了,他连上下古今也不承认,在《大人先生传》里有说:"天地解兮六合开,星辰陨兮日月颓,我腾而上将何怀?"他的意思是天地神仙,都是无意义,一切都不要,所以他觉得世上的道理不必争,神仙也不足信,既然一切都是虚无,所以他便沉湎于酒了。然而他还有一个原因,就是他的饮酒不独由于他的思想,大半倒在环境。其时司马氏已想篡位,而阮籍名声很大,所以他讲话就极难,只好多饮酒,少讲话,而且即使讲话讲错了,也可以借醉得到人的原谅。只要看有一次司马懿求和阮籍结亲,而阮籍一醉就是两个月,没有提出的机会,就可以知道了。

阮籍作文章和诗都很好,他的诗文虽然也慷慨激昂,但许多意思都是隐而不显的。宋的颜延之已经说不大能懂,我们现在自然更很难看得懂他的诗了。他诗里也说神仙,但他其实是不相信的。嵇康的论文,比阮籍更好,思想新颖,往往与古时旧说反对。孔子说:"学而时习之,不亦说乎?"嵇康做的《难自然好学论》,却道,人是并不好学的,假如一个人可以不做事而又有饭吃,就随便闲游不喜欢读书了,所以现在人之好学,是由于习惯和不得已。还有管叔蔡叔,是疑心周公,率殷民叛,因而被诛,一向公认为坏人的。而嵇康做的《管蔡论》,就也反对历代传下来的意思,说这两个人是忠臣,他们的怀疑周公,是因为地方相距太远,消息不灵通。

但最引起许多人的注意,而且于生命有危险的,是《与山巨源绝交书》中的"非汤武而薄周孔"。司马懿因这篇文章，就将嵇康杀了。非薄了汤武周孔，在现时代是不要紧的，但在当时却关系非小。汤武是以武定天下的；周公是辅成王的；孔子是祖述尧舜，而尧舜是禅让天下的。嵇康都说不好，那么，教司马懿篡位的时候，怎么办才是好呢？没有办法。在这一点上，嵇康于司马氏的办事上有了直接的影响，因此就非死不可了。嵇康的见杀，是因为他的朋友吕安不孝，连及嵇康，罪案和曹操的杀孔融差不多。魏晋，是以孝治天下的，不孝，故不能不杀。为什么要以孝治天下呢？因为天位从禅让，即巧取豪夺而来，若主张以忠治天下，他们的立脚点便不稳，办事便棘手，立论也难了，所以一定要以孝治天下。但倘只是实行不孝，其实那时倒不很要紧的，嵇康的害处是在发议论；阮籍不同，不大说关于伦理上的话，所以结局也不同。

但魏晋也不全是这样的情形，宽袍大袖，大家饮酒。反对的也很多。在文章上我们还可以看见裴頠的《崇有论》，孙盛的《老子非大贤论》，这些都是反对王何们的。在史实上，则何曾劝司马懿杀阮籍有好几回，司马懿不听他的话，这是因为阮籍的饮酒，与时局的关系少些的缘故。

然而后人就将嵇康阮籍骂起来，人云亦云，一直到现在，一千六百多年。季札说："中国之君子，明于礼义而陋于知人心。"这是确的，大凡明于礼义，就一定要陋于知人心的，所以古代有许多人受了很大的冤枉。例如嵇阮的罪名，一向说他们毁坏礼教。但据我个人的意见，这判断是错的。魏晋时代，崇奉礼教的看来似乎很不错，而实在是毁坏礼教，不信礼教的。表面上毁坏礼教者，实则倒是承认礼教，太相信礼教。因为魏晋时所谓崇奉礼教，是用以自利，那崇奉也不过偶然崇奉，如曹操杀孔融，司马懿杀嵇康，都是因为他们和不孝有关，但实在曹操司马懿何尝是著名的孝子，不过将这个名义，加罪于反对自己的人罢了。于是老实人以为如此利用，亵黩了礼教，不平之极，无计可施，激而变成不谈礼教，不信礼教，甚至于反对礼教。——但其实不过是态度，至于他们的本心，恐怕倒是相信礼教，当作宝贝，比曹操司马懿们要迂执得多。现在说一个容易明白的比喻罢，譬如有一个军阀，在北方——在广东的人所谓北方和我常说的北方的界限有些不同，我常称山东山西直隶河南之类为北方——那军阀从前是压迫民党的，后来北伐军势力一大，他便挂起了青天白日旗，说自己已经信仰三民主义了，是总理的信徒。这样还不够，他还要做总理的纪念周。这时候，真的三民主义的信徒，去呢，不去呢？不去，他那里就可以说你反对三民主义，定罪，杀人。但既然在他的势力之下，没有别法，真的总理的信徒，倒会不谈三民主义，或者听人假惺惺的谈起来就皱眉，好像反对三民主义模样。所以我想，魏晋时所谓反对礼教的人,有许多大约也如此。他们倒是迂夫子,将礼教当作宝贝看待的。

还有一个实证,凡人们的言论,思想,行为,倘若自己以为不错的,就愿意天下的别人,自己的朋友都这样做。但嵇康阮籍不这样,不愿意别人来模仿他。竹林七贤中有阮咸,是阮籍的侄子,一样的饮酒。阮籍的儿子阮浑也愿加入时,阮籍却道不必加入,吾家已有阿咸在,够了。假若阮籍自以为行为是对的,就不当拒绝他的儿子,而阮籍却拒绝自己的儿子,可知阮籍并不以他自己的办法为然。至于嵇康,一看他的《绝交书》,就知道他的态度很骄傲的;有一次,他在家打铁——他的性情是很喜欢打铁的——钟会来看他了,他只打铁,不理钟会。钟会没有意味,只得走了。其时嵇康就问他:"何所闻而来,何所见而去?"钟会答道:"闻所闻而来,见所见而去。"这也是嵇康杀身的一条祸根。但我看他做给他的儿子看的《家诫》——当嵇康被杀时，其子方十岁，算来当他做这篇文章的时候，他的儿子是未满十岁的——就觉得宛然是两个人。他在《家诫》中教他的儿子做人要小心，还有一条一条的教训。有一条是说长官处不可常去，亦不可住宿；官长送人们出来时，你不要在后面，因为恐怕将来官长惩办坏人时，你有暗中密告的嫌疑。又有一条是说宴饮时候有人争论，你可立刻走开，免得在旁批评，因为两者之间必有对与不对，不批评则不像样，一批评就总要是甲非乙，不免受一方见怪。还有人要你饮酒，即使不愿饮也不要坚决地推辞，必须和和气气的拿着杯子。我们就此看来，实在觉得很希奇：嵇康是那样高傲的人，而他教子就要他这样庸碌。因此我们知道，嵇康自己对于他自己的举动也是不满足的。所以批评一个人的言行实在难，社会上对于儿子不像父亲，称为"不肖"，以为是坏事，殊不知世上正有不愿意他的儿子像自己的父亲哩。试看阮籍嵇康，就是如此。这是,因为他们生于乱世,不得已,才有这样的行为,并非他们的本态。但又于此可见魏晋的破坏礼教者,实在是相信礼教到固执之极的。

不过何晏王弼阮籍嵇康之流,因为他们的名位大,一般的人们就学起来,而所学的无非是表面,他们实在的内心,却不知道。因为只学他们的皮毛,于是社会上便很多了没意思的空谈和饮酒。许多人只会无端的空谈和饮酒,无力办事,也就影响到政治上,弄得玩"空城计",毫无实际了。在文学上也这样,嵇康阮籍的纵酒,是也能做文章的,后来到东晋,空谈和饮酒的遗风还在,而万言的大文如嵇阮之作,却没有了。刘勰说:"嵇康师心以遣论,阮籍使气以命诗。"这"师心"和"使气",便是魏末晋初的文章的特色。正始名士和竹林名士的精神灭后,敢于师心使气的作家也没有了。

到东晋,风气变了。社会思想平静得多,各处都夹入了佛教的思想。再至晋末,乱也看惯了,篡也看惯了,文章便更和平。代表平和的文章的人有陶潜。他的态度是随便饮酒,乞食,高兴的时候就谈论和作文章,无尤无怨。所以现在有人称他为"田园诗人",是个非常和平的田园诗人。他的态度是不容易学的,他非常之穷,而心里很平静。家常无米,就去向人家门口求乞。他穷到有客来见,连鞋也没有,那客人给他从家丁取鞋给他,他便伸了足穿上了。虽然如此,他却毫不为意,还是"采菊东篱下,悠然见南山"。这样的自然状态,实在不易模仿。他穷到衣服也破烂不堪,而还在东篱下采菊,偶然抬起头来,悠然的见了南山,这是何等自然。现在有钱的人住在租界里,雇花匠种数十盆菊花,便做诗,叫作"秋日赏菊效陶彭泽体",自以为合于渊明的高致,我觉得不大像。

陶潜之在晋末,是和孔融于汉末与嵇康于魏末略同,又是将近易代的时候。但他没有什么慷慨激昂的表示,于是便博得"田园诗人"的名称。但《陶集》里有《述酒》一篇,是说当时政治的。这样看来,可见他于世事也并没有遗忘和冷淡,不过他的态度比嵇康阮籍自然得多,不至于招人注意罢了。还有一个原因,先已说过,是习惯。因为当时饮酒的风气相沿下来,人见了也不觉得奇怪,而且汉魏晋相沿,时代不远,变迁极多,既经见惯,就没有大感触,陶潜之比孔融嵇康和平,是当然的。例如看北朝的墓志,官位升进,往往详细写着,再仔细一看,他是已经经历过两三个朝代了,但当时似乎并不为奇。

据我的意思,即使是从前的人,那诗文完全超于政治的所谓"田园诗人","山林诗人",是没有的。完全超出于人间世的,也是没有的。既然是超出于世,则当然连诗文也没有。诗文也是人事,既有诗,就可以知道于世事未能忘情。譬如墨子兼爱,杨子为我。墨子当然要著书;杨子就一定不著,这才是"为我"。

因为若做出书来给别人看,便变成"为人"了。

由此可知陶潜总不能超于尘世,而且,于朝政还是留心,也不能忘掉"死",这是他诗文中时时提起的。用别一种看法研究起来,恐怕也会成一个和旧说不同的人物罢。

自汉末至晋末文章的一部分的变化与药及酒之关系,据我所知的大概是这样。但我学识太少,没有详细的研究,在这样的热天和雨天费去了诸位这许多时光,是很抱歉的。现在这个题目总算是讲完了。

谈所谓"大内档案"

所谓"大内档案"这东西,在清朝的内阁里积存了三百多年,在孔庙里塞了十多年,谁也一声不响。自从历史博物馆将这残余卖给纸铺子,纸铺子转卖给罗振玉,罗振玉转卖给日本人,于是乎大有号咷之声,仿佛国宝已失,国脉随之似的。前几年,我也曾见过几个人的议论,所记得的一个是金梁,登在《东方杂志》上;还有罗振玉和王国维,随时发感慨。最近的是《北新半月刊》上的《论档案的售出》,蒋彝潜先生做的。

我觉得他们的议论都不大确。金梁,本是杭州的驻防旗人,早先主张排汉的,民国以来,便算是遗老了,凡有民国所做的事,他自然都以为很可恶。罗振玉呢,也算是遗老,曾经立誓不见国门,而后来仆仆京津间,痛责后生不好古,而偏将古董卖给外国人的,只要看他的题跋,大抵有"广告"气扑鼻,便知道"于意云何"了。独有王国维已经在水里将遗老生活结束,是老实人;但他的感喟,却往往和罗振玉一鼻孔出气,虽然所出的气,有真假之分。所以他被弄成夹广告的 Sandwich,是常有的事,因为他老实到像火腿一般。蒋先生是例外,我看并非遗老,只因为 Sentimental 一点,所以受了罗振玉辈的骗了。你想,他要将这卖给日本人,肯说这不是宝贝的么?

那么,这不是好东西么? 不好,怎么你也要买,我也要买呢? 我想,这是谁也要发的质问。

答曰:唯唯,否否。这正如败落大户家里的一堆废纸,说好也行,说无用也行的。因为是废纸,所以无用；因为是败落大户家里的，所以也许夹些好东西。况且这所谓好与不好，也因人的看法而不同，我的寓所近旁的一个垃圾箱，里面都是住户所弃的无用的东西，但我看见早上总有几个背着竹篮的人，从那里面一片一片，一块一块，检了什么东西去了，还有用。更何况现在的时候，皇帝也还尊贵，只要在"大内"里放几天，或者带一个"宫"字，就容易使人另眼相看的，这真是说也不信，虽然在民国。

"大内档案"也者，据深通"国朝"掌故的罗遗老说，是他的"国朝"时堆在内阁里的乱纸，大家主张焚弃，经他力争，这才保留下来的。但到他的"国朝"退位，民国元年我到北京的时候，它们已经被装为八千（？）麻袋，塞在孔庙之中的敬一亭里了，的确满满地埋满了大半亭子。其时孔庙里设了一个历史博物馆筹备处，处长是胡玉缙先生。"筹备处"云者，即里面并无"历史博物"的意思。

我却在教育部，因此也就和麻袋们发生了一点关系，眼见它们的升沉隐显。可气可笑的事是有的，但多是小玩意；后来看见外面的议论说得天花乱坠起来，也颇想做几句记事，叙出我所目睹的情节。可是胆子小，因为牵涉着的阔人很有几个，没有敢动笔。这是我的"世故"，在中国做人，骂民族，骂国家，骂社会，骂团体，……都可以的，但不可涉及个人，有名有姓。广州的一种期刊上说我只打叭儿狗，不骂军阀。殊不知我正因为骂了叭儿狗，这才有逃出北京的运命。泛骂军阀，谁来管呢？军阀是不看杂志的，就靠叭儿狗嗅，候补叭儿狗吠。阿，说下去又不好了，赶快带住。

现在是寓在南方，大约不妨说几句了，这些事情，将来恐怕也未必另外有人说。但我对于有关面子的人物，仍然都不用真姓名，将罗马字来替代。既非欧化，也不是"隐恶扬善"，只不过"远害全身"。这也是我的"世故",不要以为自己在南方,他们在北方,或者不知所在,就小觑他们。他们是突然会在你眼前阔起来的,真是神奇得很。这时候,恐怕就会死得连自己也莫明其妙了。所以要稳当,最好是不说。但我现在来"折衷",既非不说,而不尽说,而代以罗马字,——如果这样还不妥,那么,也只好听天由命了。上帝安我魂灵!

却说这些麻袋们躺在敬一亭里,就很令历史博物馆筹备处长胡玉缙先生担忧,日夜提防工役们放火。为什么呢?这事谈起来可有些繁复了。弄些所谓"国学"的人大概都知道,胡先生原是南菁书院的高材生,不但深研旧学,并且博识前朝掌故的。他知道清朝武英殿里藏过一副铜活字,后来太监们你也偷,我也偷,偷得"不亦乐乎",待到王爷们似乎要来查考的时候,就放了一把火。自然,连武英殿也没有了,更何况铜活字的多少。而不幸敬一亭中的麻袋,也仿佛常常减少，工役们不是国学家，所以他将内容的宝贝倒在地上，单拿麻袋去卖钱。胡先生因此想到武英殿失火的故事，深怕麻袋缺得多了之后，敬一亭也照例烧起来；就到教育部去商议一个迁移，或整理，或销毁的办法。

专管这一类事情的是社会教育司，然而司长是夏曾佑先生。弄些什么"国学"的人大概也都知道的，我们不必看他另外的论文，只要看他所编的两本《中国历史教科书》，就知道他看中国人有怎地清楚。他是知道中国的一切事万不可"办"的；即如档案罢，任其自然，烂掉，霉掉，蛀掉，偷掉，甚而至于烧掉，倒是天下太平；倘一加人为，一"办"，那就舆论沸腾，不可开交了。结果是办事的人成为众矢之的，谣言和谗谤，百口也分不清。所以他的主张是"这个东西万万动不得"。

这两位熟于掌故的"要办"和"不办"的老先生，从此都知道各人的意思，说说笑笑，……但竟拖延下去了。于是麻袋们又安稳地躺了十来年。

这回是F先生来做教育总长了,他是藏书和"考古"的名人。我想,他一定听到了什么谣言,以为麻袋里定有好的宋版书——"海内孤本"。这一类谣言是常有的,我早先还听得人说,其中且有什么妃的绣鞋和什么王的头骨哩。有一天,他就发一个命令,教我和G主事试看麻袋。即日搬了二十个到西花厅,我们俩在尘埃中看宝贝,大抵是贺表,黄绫封,要说好是也可以说好的,但太多了,倒觉得不希奇。还有奏章,小刑名案子居多,文字是半满半汉,只有几个是也特别的,但满眼都是了,也觉得讨厌。殿试卷是一本也没有;另有几箱,原在教育部,不过都是二三甲的卷子,听说名次高一点的在清朝便已被人偷去了,何况乎状元。至于宋版书呢,有是有的,或则破烂的半本,或是撕破的几张。也有清初的黄榜,也有实录的稿本。朝鲜的贺正表,我记得也发见过一张。

我们后来又看了两天,麻袋的数目,记不清楚了,但奇怪,这时以考察欧美教育驰誉的Y次长,以讲大话出名的C参事,忽然都变为考古家了。他们和F总长,都"念兹在兹",在尘埃中间和破纸旁边离不开。凡有我们检起在桌上的,他们总要拿进去,说是去看看。等到送还的时候,往往比原先要少一点,上帝在上,那倒是真的。

大约是几叶宋版书作怪罢,F总长要大举整理了,另派了部员几十人,我倒幸而不在内。其时历史博物馆筹备处已经迁在午门,处长早换了YT;麻袋们便在午门上被整理。YT是一个旗人,京腔说得极漂亮,文字从来不谈的,但是,奇怪之至,他竟也忽然变成考古家了,对于此道津津有味。后来还珍藏着一本宋版的什么《司马法》,可惜缺了角,但已经都用古色纸补了起来。

那时的整理法我不大记得了,要之,是分为"保存"和"放弃",即"有用"和"无用"的两部分。从此几十个部员,即天天在尘埃和破纸中出没,渐渐完工——出没了多少天,我也记不清楚了。"保存"的一部分,后来给北京大学又分了一大部分去。其余的仍藏博物馆。不要的呢,当时是散放在午门的门楼上。

那么,这些不要的东西,应该可以销毁了罢,免得失火。不,据"高等做官教科书"所指示,不能如此草草的。派部员几十人办理,虽说倘有后患,即应由他们负责,和总长无干。但究竟还只一部,外面说起话来,指摘的还是某部,而非某部的某某人。既然只是"部",就又不能和总长无干了。

于是办公事,请各部都派员会同再行检查。这宗公事是灵的,不到两星期,各部都派来了,从两个至四个,其中很多的是新从外洋回来的留学生,还穿着崭新的洋服。于是济济跄跄,又在灰土和废纸之间钻来钻去。但是，说也奇怪，好几个崭新的留学生又都忽然变了考古家了，将破烂的纸张，绢片，塞到洋裤袋里——但这是传闻之词，我没有目睹。

这一种仪式既经举行，即倘有后患，各部都该负责，不能超然物外，说风凉话了。从此午门楼上的空气，便再没有先前一般紧张，只见一大群破纸寂寞地铺在地面上，时有一二工役，手执长木棍，搅着，拾取些黄绫表签和别的他们所要的东西。

那么，这些不要的东西，应该可以销毁了罢，免得失火。不。F总长是深通"高等做官学"的，他知道万不可烧，一烧必至于变成宝贝，正如人们一死，讣文上即都是第一等好人一般。况且他的主义本来并不在避火，所以他便不管了，接着，他也就"下野"了。

这些废纸从此便又没有人再提起，直到历史博物馆自行卖掉之后，才又掀起了一阵神秘的风波。

我的话实在也未免有些煞风景，近乎说，这残余的废纸里,已没有什么宝贝似的。那么,外面惊心动魄的什么唐画呀,蜀石经呀,宋版书呀,何从而来的呢？我想,这也是别人必发的质问。

我想,那是这样的。残余的破纸里,大约总不免有所谓东西留遗,但未必会有蜀刻和宋版,因为这正是大家所注意搜索的。现在好东西的层出不穷者,一,是因为阔人先前陆续偷去的东西,本不敢示人,现在却得了可以发表的机会；二,是许多假造的古董,都挂了出于八千麻袋中的招牌而上市了。

还有,蒋先生以为国立图书馆"五六年来一直到此刻,每次战争的胜来败去总得糟蹋得很多。"那可也不然的。从元年到十五年,每次战争,图书馆从未遭过损失。只当袁世凯称帝时,曾经几乎遭一个皇室中人攘夺,然而幸免了。它的厄运,是在好书被有权者用相似的本子来掉换,年深月久,弄得面目全非,但我不想在这里多说了。

中国公共的东西,实在不容易保存。如果当局者是外行,他便将东西糟完,倘是内行,他便将东西偷完。而其实也并不单是对于书籍或古董。

一九二七,一二,二四。

无声的中国

——二月十六日在香港青年会讲

以我这样没有什么可听的无聊的讲演,又在这样大雨的时候,竟还有这许多来听的诸君,我首先应当声明我的郑重的感谢。

我现在所讲的题目是:《无声的中国》。

现在,浙江,陕西,都在打仗,那里的人民哭着呢还是笑着呢,我们不知道。香港似乎很太平,住在这里的中国人,舒服呢还是不很舒服呢,别人也不知道。

发表自己的思想,感情给大家知道的是要用文章的,然而拿文章来达意,现在一般的中国人还做不到。

这也怪不得我们；因为那文字，先就是我们的祖先留传给我们的可怕的遗产。人们费了多年的工夫，还是难于运用。因为难，许多人便不理它了，甚至于连自己的姓也写不清是张还是章，或者简直不会写，或者说道：Chang。虽然能说话，而只有几个人听到，远处的人们便不知道，结果也等于无声。又因为难，有些人便当作宝贝，像玩把戏似的，之乎者也，只有几个人懂，——其实是不知道可真懂，而大多数的人们却不懂得，结果也等于无声。

文明人和野蛮人的分别，其一，是文明人有文字，能够把他们的思想，感情，藉此传给大众，传给将来。中国虽然有文字，现在却已经和大家不相干，用的是难懂的古文，讲的是陈旧的古意思，所有的声音，都是过去的，都就是只等于零的。所以，大家不能互相了解，正像一大盘散沙。

将文章当作古董，以不能使人认识，使人懂得为好，也许是有趣的事罢。但是，结果怎样呢？是我们已经不能将我们想说的话说出来。我们受了损害，受了侮辱，总是不能说出些应说的话。拿最近的事情来说，如中日战争，拳匪事件，民元革命这些大事件，一直到现在，我们可有一部像样的著作？民国以来，也还是谁也不作声。反而在外国，倒常有说起中国的，但那都不是中国人自己的声音，是别人的声音。

这不能说话的毛病，在明朝是还没有这样厉害的；他们还比较地能够说些要说的话。待到满洲人以异族侵入中国，讲历史的，尤其是讲宋末的事情的人被杀害了，讲时事的自然也被杀害了。所以，到乾隆年间，人民大家便更不敢用文章来说话了。所谓读书人，便只好躲起来读经，校刊古书，做些古时的文章，和当时毫无关系的文章。有些新意，也还是不行的；不是学韩，便是学苏。韩愈苏轼他们，用他们自己的文章来说当时要说的话，那当然可以的。我们却并非唐宋时人,怎么做和我们毫无关系的时候的文章呢。即使做得像,也是唐宋时代的声音,韩愈苏轼的声音,而不是我们现代的声音。然而直到现在,中国人却还要着这样的旧戏法。人是有的,没有声音,寂寞得很。——人会没有声音的么?没有,可以说:是死了。倘要说得客气一点,那就是:已经哑了。

要恢复这多年无声的中国,是不容易的,正如命令一个死掉的人道:"你活过来!"我虽然并不懂得宗教,但我以为正如想出现一个宗教上之所谓"奇迹"一样。

首先来尝试这工作的是"五四运动"前一年,胡适之先生所提倡的"文学革命"。"革命"这两个字,在这里不知道可害怕,有些地方是一听到就害怕的。但这和文学两字连起来的"革命",却没有法国革命的"革命"那么可怕,不过是革新,改换一个字,就很平和了,我们就称为"文学革新"罢,中国文字上,这样的花样是很多的。那大意也并不可怕，不过说：我们不必再去费尽心机，学说古代的死人的话，要说现代的活人的话；不要将文章看作古董，要做容易懂得的白话的文章。然而，单是文学革新是不够的，因为腐败思想，能用古文做，也能用白话做。所以后来就有人提倡思想革新。思想革新的结果，是发生社会革新运动。这运动一发生，自然一面就发生反动，于是便酿成战斗……。

但是，在中国，刚刚提起文学革新，就有反动了。不过白话文却渐渐风行起来，不大受阻碍。这是怎么一回事呢？就因为当时又有钱玄同先生提倡废止汉字，用罗马字母来替代。这本也不过是一种文字革新，很平常的，但被不喜欢改革的中国人听见，就大不得了了，于是便放过了比较的平和的文学革命，而竭力来骂钱玄同。白话乘了这一个机会，居然减去了许多敌人，反而没有阻碍，能够流行了。

中国人的性情是总喜欢调和，折中的。譬如你说，这屋子太暗，须在这里开一个窗，大家一定不允许的。但如果你主张拆掉屋顶，他们就会来调和，愿意开窗了。没有更激烈的主张，他们总连平和的改革也不肯行。那时白话文之得以通行，就因为有废掉中国字而用罗马字母的议论的缘故。

其实，文言和白话的优劣的讨论，本该早已过去了，但中国是总不肯早早解决的，到现在还有许多无谓的议论。例如，有的说：古文各省人都能懂，白话就各处不同，反而不能互相了解了。殊不知这只要教育普及和交通发达就好，那时就人人都能懂较为易解的白话文；至于古文，何尝各省人都能懂，便是一省里，也没有许多人懂得的。有的说：如果都用白话文，人们便不能看古书，中国的文化就灭亡了。其实呢，现在的人们大可以不必看古书，即使古书里真有好东西，也可以用白话来译出的，用不着那么心惊胆战。

他们又有人说,外国尚且译中国书,足见其好,我们自己倒不看么?殊不知埃及的古书,外国人也译,非洲黑人的神话,外国人也译,他们别有用意,即使译出,也算不了怎样光荣的事的。

近来还有一种说法,是思想革新紧要,文字改革倒在其次,所以不如用浅显的文言来作新思想的文章,可以少招一重反对。这话似乎也有理。然而我们知道,连他长指甲都不肯剪去的人,是决不肯剪去他的辫子的。

因为我们说着古代的话,说着大家不明白,不听见的话,已经弄得像一盘散沙,痛痒不相关了。我们要活过来,首先就须由青年们不再说孔子孟子和韩愈柳宗元们的话。时代不同,情形也两样,孔子时代的香港不这样,孔子口调的"香港论"是无从做起的,"吁嗟阔哉香港也",不过是笑话。

我们要说现代的,自己的话;用活着的白话,将自己的思想,感情直白地说出来。但是,这也要受前辈先生非笑的。他们说白话文卑鄙,没有价值;他们说年青人作品幼稚,贻笑大方。我们中国能做文言的有多少呢,其余的都只能说白话,难道这许多中国人,就都是卑鄙,没有价值的么？至于幼稚,尤其没有什么可羞,正如孩子对于老人,毫没有什么可羞一样。幼稚是会生长,会成熟的,只不要衰老,腐败,就好。倘说待到纯熟了才可以动手,那是虽是村妇也不至于这样蠢。她的孩子学走路,即使跌倒了,她决不至于叫孩子从此躺在床上,待到学会了走法再下地面来的。

青年们先可以将中国变成一个有声的中国。大胆地说话,勇敢地进行,忘掉了一切利害,推开了古人,将自己的真心的话发表出来。——真,自然是不容易的。譬如态度,就不容易真,讲演时候就不是我的真态度,因为我对朋友,孩子说话时候的态度是不这样的。——但总可以说些较真的话,发些较真的声音。只有真的声音,才能感动中国的人和世界的人;必须有了真的声音,才能和世界的人同在世界上生活。

我们试想现在没有声音的民族是那几种民族。我们可听到埃及人的声音?可听到安南,朝鲜的声音?印度除了泰戈尔,别的声音可还有?

我们此后实在只有两条路:一是抱着古文而死掉,一是舍掉古文而生存。

柔石作《二月》小引

　　冲锋的战士,天真的孤儿,年青的寡妇,热情的女人,各有主义的新式公子们,死气沉沉而交头接耳的旧社会,倒也并非如蜘蛛张网,专一在待飞翔的游人,但在寻求安静的青年的眼中,却化为不安的大苦痛。这大苦痛,便是社会的可怜的椒盐,和战士孤儿等辈一同,给无聊的社会一些味道,使他们无聊地持续下去。

　　浊浪在拍岸,站在山冈上者和飞沫不相干,弄潮儿则于涛头且不在意,惟有衣履尚整,徘徊海滨的人,一溅水花,便觉得有所沾湿,狼狈起来。这从上述的两类人们看来,是都觉得诧异的。但我们书中的青年萧君,便正落在这境遇里。他极想有为,怀着热爱,而有所顾惜,过于矜持,终于连安住几年之处,也不可得。他其实并不能成为一小齿轮,跟着大齿轮转动,他仅是外来的一粒石子,所以轧了几下,发几声响,便被挤到女佛山——上海去了。

他幸而还坚硬,没有变成润泽齿轮的油。

但是,瞿昙(释迦牟尼)从夜半醒来,目睹宫女们睡态之丑,于是慨然出家,而霍善斯坦因以为是醉饱后的呕吐。那么,萧君的决心遁走,恐怕是胃弱而禁食的了,虽然我还无从明白其前因,是由于气质的本然,还是战后的暂时的劳顿。

我从作者用了工妙的技术所写成的草稿上,看见了近代青年中这样的一种典型,周遭的人物,也都生动,便写下一些印象,算是序文。大概明敏的读者,所得必当更多于我,而且由读时所生的诧异或同感,照见自己的姿态的罢? 那实在是很有意义的。

    一九二九年八月二十日,鲁迅记于上海。

对于左翼作家联盟的意见

——三月二日在左翼作家联盟成立大会讲

有许多事情,有人在先已经讲得很详细了,我不必再说。我以为在现在,"左翼"作家是很容易成为"右翼"作家的。为什么呢?第一,倘若不和实际的社会斗争接触,单关在玻璃窗内做文章,研究问题,那是无论怎样的激烈,"左",都是容易办到的;然而一碰到实际,便即刻要撞碎了。关在房子里,最容易高谈彻底的主义,然而也最容易"右倾"。西洋的叫做"Salon的社会主义者",便是指这而言。"Salon"是客厅的意思,坐在客厅里谈谈社会主义,高雅得很,漂亮得很,然而并不想到实行的。这种社会主义者,毫不足靠。并且在现在,不带点广义的社会主义的思想的作家或艺术家,就是说工农大众应该做奴隶,应该被虐杀,被剥削的这样的作家或艺术家,是差不多没有了,除非墨索里尼,但墨索里尼并没有写过文艺作品。(当然,这样的作家,也还不能说完全没有,例如中国的新月派诸文学家,以及所说的墨索里尼所宠爱的邓南遮便是。)

第二,倘不明白革命的实际情形,也容易变成"右翼"。革命是痛苦,其中也必然混有污秽和血,决不是如诗人所想像的那般有趣,那般完美;革命尤其是现实的事,需要各种卑贱的,麻烦的工作,决不如诗人所想像的那般浪漫;革命当然有破坏,然而更需要建设,破坏是痛快的,但建设却是麻烦的事。所以对于革命抱着浪漫谛克的幻想的人,一和革命接近,一到革命进行,便容易失望。听说俄国的诗人叶遂宁,当初也非常欢迎十月革命,当时他叫道,"万岁,天上和地上的革命!"又说"我是一个布尔塞维克了!"然而一到革命后,实际上的情形,完全不是他所想像的那么一回事,终于失望,颓废。叶遂宁后来是自杀了的,听说这失望是他的自杀的原因之一。又如毕力涅克和爱伦堡,也都是例子。在我们辛亥革命时也有同样的例,那时有许多文人,例如属于"南社"的人们,开初大抵是很革命的,但他们抱着一种幻想,以为只要将满洲人赶出去,便一切都恢复了"汉官威仪",人们都穿大袖的衣服,峨冠博带,大步地在街上走。谁知赶走满清皇帝以后,民国成立,情形却全不同,所以他们便失望,以后有些人甚至成为新的运动的反动者。但是,我们如果不明白革命的实际情形,也容易和他们一样的。

还有,以为诗人或文学家高于一切人,他底工作比一切工作都高贵,也是不正确的观念。举例说,从前海涅以为诗人最高贵,而上帝最公平,诗人在死后,便到上帝那里去,围着上帝坐着,上帝请他吃糖果。在现在,上帝请吃糖果的事,是当然无人相信的了,但以为诗人或文学家,现在为劳动大众革命,将来革命成功,劳动阶级一定从丰报酬,特别优待,请他坐特等车,吃特等饭,或者劳动者捧着牛油面包来献他,说:"我们的诗人,请用吧!"这也是不正确的;因为实际上决不会有这种事,恐怕那时比现在还要苦,不但没有牛油面包,连黑面包都没有也说不定,俄国革命后一二年的情形便是例子。如果不明白这情形,也容易变成"右翼"。事实上,劳动者大众,只要不是梁实秋所说"有出息"者,也决不会特别看重知识阶级者的,如我所译的《溃灭》中的美谛克(知识阶级出身),反而常被矿工等所嘲笑。不待说,知识阶级有知识阶级的事要做,不应特别看轻,然而劳动阶级决无特别例外地优待诗人或文学家的义务。

现在，我说一说我们今后应注意的几点。

第一，对于旧社会和旧势力的斗争，必须坚决，持久不断，而且注重实力。旧社会的根柢原是非常坚固的，新运动非有更大的力不能动摇它什么。并且旧社会还有它使新势力妥协的好办法，但它自己是决不妥协的。在中国也有过许多新的运动了，却每次都是新的敌不过旧的，那原因大抵是在新的一面没有坚决的广大的目的，要求很小，容易满足。譬如白话文运动，当初旧社会是死力抵抗的，但不久便容许白话文底存在，给它一点可怜地位，在报纸的角头等地方可以看见用白话写的文章了，这是因为在旧社会看来，新的东西并没有什么，并不可怕，所以就让它存在，而新的一面也就满足，以为白话文已得到存在权了。又如一二年来的无产文学运动，也差不多一样，旧社会也容许无产文学，因为无产文学并不厉害，反而他们也来弄无产文学，拿去做装饰，仿佛在客厅里放着许多古董磁器以外，放一个工人用的粗碗，也很别致；而无产文学者呢，他已经在文坛上有个小地位，稿子已经卖得出去了，不必再斗争，批评家也唱着凯旋歌："无产文学胜利！"但除了个人的胜利，即以无产文学而论，究竟胜利了多少？况且无产文学，是无产阶级解放斗争底一翼，它跟着无产阶级的社会的势力的成长而成长，在无产阶级的社会地位很低的时候，无产文学的文坛地位反而很高，这只是证明无产文学者离开了无产阶级，回到旧社会去罢了。

第二，我以为战线应该扩大。在前年和去年，文学上的战争是有的，但那范围实在太小，一切旧文学旧思想都不为新派的人所注意，反而弄成了在一角里新文学者和新文学者的斗争，旧派的人倒能够闲舒地在旁边观战。

第三，我们应当造出大群的新的战士。因为现在人手实在太少了，譬如我们有好几种杂志，单行本的书也出版得不少，但做文章的总同是这几个人，所以内容就不能不单薄。一个人做事不专，这样弄一点，那样弄一点，既要翻译，又要做小说，还要做批评，并且也要做诗，这怎么弄得好呢？这都因为人太少的缘故，如果人多了，则翻译的可以专翻译，创作的可以专创作，批评的专批评；对敌人应战，也军势雄厚，容易克服。关于这点，我可带便地说一件事。前年创造社和太阳社向我进攻的时候，那力量实在单薄，到后来连我都觉得有点无聊，没有意思反攻了，因为我后来看出了敌军在演"空城计"。那时候我的敌军是专事于吹擂，不务于招兵练将的，攻击我的文章当然很多，然而一看就知道都是化名，骂来骂去都是同样的几句话。我那时就等待有一个能操马克斯主义批评的枪法的人来狙击我的，然而他终于没有出现。在我倒是一向就注意新的青年战士底养成的，曾经弄过好几个文学团体，不过效果也很小。但我们今后却必须注意这点。

我们急于要造出大群的新的战士,但同时,在文学战线上的人还要"韧"。所谓韧,就是不要像前清做八股文的"敲门砖"似的办法。前清的八股文,原是"进学"做官的工具,只要能做"起承转合",借以进了"秀才举人",便可丢掉八股文,一生中再也用不到它了,所以叫做"敲门砖",犹之用一块砖敲门,门一敲进,砖就可抛弃了,不必再将它带在身边。这种办法,直到现在,也还有许多人在使用,我们常常看见有些人出了一二本诗集或小说集以后,他们便永远不见了,到那里去了呢?是因为出了一本或二本书,有了一点小名或大名,得到了教授或别的什么位置,功成名遂,不必再写诗写小说了,所以永远不见了。这样,所以在中国无论文学或科学都没有东西,然而在我们是要有东西的,因为这于我们有用。(卢那卡尔斯基是甚至主张保存俄国的农民美术,因为可以造出来卖给外国人,在经济上有帮助。我以为如果我们文学或科学上有东西拿得出去给别人,则甚至于脱离帝国主义的压迫的政治运动上也有帮助。)但要在文化上有成绩,则非韧不可。

最后,我以为联合战线是以有共同目的为必要条件的。我记得好像曾听到过这样一句话:"反动派且已经有联合战线了,而我们还没有团结起来!"其实他们也并未有有意的联合战线,只因为他们的目的相同,所以行动就一致,在我们看来就好像联合战线。而我们战线不能统一,就证明我们的目的不能一致,或者只为了小团体,或者还其实只为了个人,如果目的都在工农大众,那当然战线也就统一了。

谁的矛盾

萧(George Bernard Shaw)并不在周游世界,是在历览世界上新闻记者们的嘴脸,应世界上新闻记者们的口试,——然而落了第。

他不愿意受欢迎,见新闻记者,却偏要欢迎他,访问他,访问之后,却又都多少讲些俏皮话。

他躲来躲去,却偏要寻来寻去,寻到之后,大做一通文章,却偏要说他自己善于登广告。

他不高兴说话,偏要同他去说话,他不多谈,偏要拉他来多谈,谈得多了,报上又不敢照样登载了,却又怪他多说话。

他说的是真话,偏要说他是在说笑话,对他哈哈的笑,还要怪他自己倒不笑。

他说的是直话,偏要说他是讽刺,对他哈哈的笑,还要怪他自以为聪明。

他本不是讽刺家,偏要说他是讽刺家,而又看不起讽刺家,而又用了无聊的讽刺想来讽刺他一下。

他本不是百科全书,偏要当他百科全书,问长问短,问天问地,听了回答,又鸣不平,好像自己原来比他还明白。

他本是来玩玩的,偏要逼他讲道理,讲了几句,听的又不高兴了,说他是来"宣传赤化"了。

有的看不起他,因为他不是一个马克思主义文学者,然而倘是马克思主义文学者,看不起他的人可就不要看他了。

有的看不起他,因为他不去做工人,然而倘若做工人,就不会到上海,看不起他的人可就看不见他了。

有的又看不起他,因为他不是实行的革命者,然而倘是实行者,就会和牛兰一同关在牢监里,看不起他的人可就不愿提他了。

他有钱,他偏讲社会主义,他偏不去做工,他偏来游历,他偏到上海,他偏讲革命,他偏谈苏联,他偏不给人们舒服……

于是乎可恶。

身子长也可恶,年纪大也可恶,须发白也可恶,不爱欢迎也可恶,逃避访问也可恶,连和夫人的感情好也可恶。

然而他走了,这一位被人们公认为"矛盾"的萧。

然而我想,还是熬一下子,姑且将这样的萧,当作现在的世界的文豪罢,唠唠叨叨,鬼鬼祟祟,是打不倒文豪的。而且为给大家可以唠叨起见,也还是有他在着的好。

因为矛盾的萧没落时,或萧的矛盾解决时,也便是社会的矛盾解决的时候,那可不是玩意儿也。

二月十九夜。

小品文的危机

仿佛记得一两月之前,曾在一种日报上见到记载着一个人的死去的文章,说他是收集"小摆设"的名人,临末还有依稀的感喟,以为此人一死,"小摆设"的收集者在中国怕要绝迹了。

但可惜我那时不很留心,竟忘记了那日报和那收集家的名字。

现在的新的青年恐怕也大抵不知道什么是"小摆设"了。但如果他出身旧家,先前曾有玩弄翰墨的人,则只要不很破落,未将觉得没用的东西卖给旧货担,就也许还能在尘封的废物之中，寻出一个小小的镜屏，玲珑剔透的石块，竹根刻成的人像，古玉雕出的动物，锈得发绿的铜铸的三脚癞虾蟆：这就是所谓"小摆设"。先前，它们陈列在书房里的时候，是各有其雅号的，譬如那三脚癞虾蟆，应该称为"蟾蜍砚滴"之类，最末的收集家一定都知道，现在呢，可要和它的光荣一同消失了。

那些物品，自然决不是穷人的东西，但也不是达官富翁家的陈设，他们所要的，是珠玉扎成的盆景，五彩绘画的磁瓶。那只是所谓士大夫的"清玩"。在外，至少必须有几十亩膏腴的田地，在家，必须有几间幽雅的书斋；就是流寓上海，也一定得生活较为安闲，在客栈里有一间长包的房子，书桌一顶，烟榻一张，瘾足心闲，摩挲赏鉴。然而这境地，现在却已经被世界的险恶的潮流冲得七颠八倒，像狂涛中的小船似的了。

然而就是在所谓"太平盛世"罢，这"小摆设"原也不是什么重要的物品。在方寸的象牙版上刻一篇《兰亭序》,至今还有"艺术品"之称,但倘将这挂在万里长城的墙头,或供在云冈的丈八佛像的足下,它就渺小得看不见了,即使热心者竭力指点,也不过令观者生一种滑稽之感。何况在风沙扑面,狼虎成群的时候,谁还有这许多闲工夫,来赏玩琥珀扇坠,翡翠戒指呢。他们即使要悦目,所要的也是耸立于风沙中的大建筑,要坚固而伟大,不必怎样精;即使要满意,所要的也是匕首和投枪,要锋利而切实,用不着什么雅。

美术上的"小摆设"的要求,这幻梦是已经破掉了,那日报上的文章的作者,就直觉的地知道。然而对于文学上的"小摆设"——"小品文"的要求,却正在越加旺盛起来,要求者以为可以靠着低诉或微吟,将粗犷的人心,磨得渐渐的平滑。这就是想别人一心看着《六朝文絜》,而忘记了自己是抱在黄河决口之后,淹得仅仅露出水面的树梢头。

但这时却只用得着挣扎和战斗。

而小品文的生存,也只仗着挣扎和战斗的。晋朝的清言,早和它的朝代一同消歇了。唐末诗风衰落,而小品放了光辉。但罗隐的《谗书》,几乎全部是抗争和愤激之谈;皮日休和陆龟蒙自以为隐士,别人也称之为隐士,而看他们在《皮子文薮》和《笠泽丛书》中的小品文,并没有忘记天下,正是一榻胡涂的泥塘里的光彩和锋芒。明末的小品虽然比较的颓放,却并非全是吟风弄月,其中有不平,有讽刺,有攻击,有破坏。这种作风,也触着了满洲君臣的心病,费去许多助虐的武将的刀锋,帮闲的文臣的笔锋,直到乾隆年间,这才压制下去了。以后呢,就来了"小摆设"。

"小摆设"当然不会有大发展。到五四运动的时候,才又来了一个展开,散文小品的成功,几乎在小说戏曲和诗歌之上。这之中,自然含着挣扎和战斗,但因为常常取法于英国的随笔(Essay),所以也带一点幽默和雍容；写法也有漂亮和缜密的，这是为了对于旧文学的示威，在表示旧文学之自以为特长者，白话文学也并非做不到。以后的路，本来明明是更分明的挣扎和战斗，因为这原是萌芽于"文学革命"以至"思想革命"的。但现在的趋势，却在特别提倡那和旧文章相合之点，雍容，漂亮，缜密，就是要它成为"小摆设"，供雅人的摩挲，并且想青年摩挲了这"小摆设"，由粗暴而变为风雅了。

然而现在已经更没有书桌；雅片虽然已经公卖，烟具是禁止的，吸起来还是十分不容易。想在战地或灾区里的人们来鉴赏罢——谁都知道是更奇怪的幻梦。这种小品，上海虽正在盛行，茶话酒谈，遍满小报的摊子上，但其实是正如烟花女子，已经不能在弄堂里拉扯她的生意，只好涂脂抹粉，在夜里蹩到马路上来了。

小品文就这样的走到了危机。但我所谓危机，也如医学上的所谓"极期"(Krisis)一般,是生死的分歧,能一直得到死亡,也能由此至于恢复。麻醉性的作品,是将与麻醉者和被麻醉者同归于尽的。生存的小品文,必须是匕首,是投枪,能和读者一同杀出一条生存的血路的东西;但自然,它也能给人愉快和休息,然而这并不是"小摆设",更不是抚慰和麻痹,它给人的愉快和休息是休养,是劳作和战斗之前的准备。

         八月二十七日。

捣鬼心传

中国人又很有些喜欢奇形怪状,鬼鬼祟祟的脾气,爱看古树发光比大麦开花的多,其实大麦开花他向来也没有看见过。于是怪胎畸形,就成为报章的好资料,替代了生物学的常识的位置了。最近在广告上所见的,有像所谓两头蛇似的两头四手的胎儿,还有从小肚上生出一只脚来的三脚汉子。固然,人有怪胎,也有畸形,然而造化的本领是有限的,他无论怎么怪、怎么畸,总有一个限制:孪儿可以连背,连腹,连臀、连胁,或竟骈头,却不会将头生在屁股上;形可以骈拇，枝指，缺肢，多乳，却不会两脚之外添出一只脚来，好像"买两送一"的买卖。天实在不及人之能捣鬼。

但是，人的捣鬼，虽胜于天，而实际上本领也有限。因为捣鬼精义，在切忌发挥，亦即必须含蓄。盖一加发挥，能使所捣之鬼分明，同时也生限制，故不如含蓄之深远，而影响却又因而模胡了。"有一利必有一弊"，我之所谓"有限"者以此。

清朝人的笔记里，常说罗两峰的《鬼趣图》，真写得鬼气拂拂；后来那图由文明书局印出来了，却不过一个奇瘦，一个矮胖，一个臃肿的模样，并不见得怎样的出奇，还不如只看笔记有趣。小说上的描摹鬼相，虽然竭力，也都不足以惊人，我觉得最可怕的还是晋人所记的脸无五官，浑沦如鸡蛋的山中厉鬼。因为五官不过是五官，纵使苦心经营，要它凶恶，总也逃不出五官的范围，现在使它浑沦得莫名其妙，读者也就怕得莫名其妙了。然而其"弊"也，是印象的模胡。不过较之写些"青面獠牙","口鼻流血"的笨伯,自然聪明得远。

中华民国人的宣布罪状大抵是十条,然而结果大抵是无效。古来尽多坏人,十条不过如此,想引人的注意以至活动是决不会的。骆宾王作《讨武曌檄》,那"入宫见嫉,蛾眉不肯让人,掩袖工谗,狐媚偏能惑主"这几句,恐怕是很费点心机的了,但相传武后看到这里,不过微微一笑。是的,如此而已,又怎么样呢?声罪致讨的明文,那力量往往远不如交头接耳的密语,因为一是分明,一是莫测的。我想假使当时骆宾王站在大众之前,只是攒眉摇头,连称"坏极坏极",却不说出其所谓坏的实例,恐怕那效力会在文章之上的罢。"狂飙文豪"高长虹攻击我时,说道劣迹多端,倘一发表,便即身败名裂,而终于并不发表,是深得捣鬼正脉的;但也竟无大效者,则与广泛俱来的"模胡"之弊为之也。

明白了这两例,便知道治国平天下之法,在告诉大家以有法,而不可明白切实的说出何法来。因为一说出,即有言,一有言,便可与行相对照,所以不如示之以不测。不测的威棱使人萎伤,不测的妙法使人希望——饥荒时生病,打仗时做诗,虽若与治国平天下不相干,但在莫明其妙中,却能令人疑为跟着自有治国平天下的妙法在——然而其"弊"也,却还是照例的也能在模胡中疑心到所谓妙法,其实不过是毫无方法而已。

捣鬼有术,也有效,然而有限,所以以此成大事者,古来无有。

十一月二十二日。

拿来主义

中国一向是所谓"闭关主义",自己不去,别人也不许来。自从给枪炮打破了大门之后,又碰了一串钉子,到现在,成了什么都是"送去主义"了。别的且不说罢,单是学艺上的东西,近来就先送一批古董到巴黎去展览,但终"不知后事如何";还有几位"大师"们捧着几张古画和新画,在欧洲各国一路的挂过去,叫作"发扬国光"。听说不远还要送梅兰芳博士到苏联去,以催进"象征主义",此后是顺便到欧洲传道。我在这里不想讨论梅博士演艺和象征主义的关系,总之，活人替代了古董，我敢说，也可以算得显出一点进步了。

但我们没有人根据了"礼尚往来"的仪节，说道：拿来！

当然，能够只是送出去，也不算坏事情，一者见得丰富，二者见得大度。尼采就自诩过他是太阳，光热无穷，只是给与，不想取得。然而尼采究竟不是太阳，他发了疯。中国也不是，虽然有人说，掘起地下的煤来，就足够全世界几百年之用。但是，几百年之后呢？几百年之后，我们当然是化为魂灵，或上天堂，或落了地狱，但我们的子孙是在的，所以还应该给他们留下一点礼品。要不然，则当佳节大典之际，他们拿不出东西来，只好磕头贺喜，讨一点残羹冷炙做奖赏。

这种奖赏，不要误解为"抛来"的东西，这是"抛给"的，说得冠冕些，可以称之为"送来"，我在这里不想举出实例。

我在这里也并不想对于"送去"再说什么,否则太不"摩登"了。我只想鼓吹我们再吝啬一点,"送去"之外,还得"拿来",是为"拿来主义"。

但我们被"送来"的东西吓怕了。先有英国的鸦片,德国的废枪炮,后有法国的香粉,美国的电影,日本的印着"完全国货"的各种小东西。于是连清醒的青年们,也对于洋货发生了恐怖。其实,这正是因为那是"送来"的,而不是"拿来"的缘故。

所以我们要运用脑髓,放出眼光,自己来拿!

譬如罢,我们之中的一个穷青年,因为祖上的阴功(姑且让我这么说说罢),得了一所大宅子,且不问他是骗来的,抢来的,或合法继承的,或是做了女婿换来的。那么,怎么办呢?我想,首先是不管三七二十一,"拿来"!但是,如果反对这宅子的旧主人,怕给他的东西染污了,徘徊不敢走进门,是孱头;勃然大怒,放一把火烧光,算是保存自己的清白,则是昏蛋。不过因为原是羡慕这宅子的旧主人的,而这回接受一切,欣欣然的蹩进卧室,大吸剩下的鸦片,那当然更是废物。"拿来主义"者是全不这样的。

他占有,挑选。看见鱼翅,并不就抛在路上以显其"平民化",只要有养料,也和朋友们像萝卜白菜一样的吃掉,只不用它来宴大宾;看见鸦片,也不当众摔在毛厕里,以见其彻底革命,只送到药房里去,以供治病之用,却不弄"出售存膏,售完即止"的玄虚。只有烟枪和烟灯,虽然形式和印度,波斯,阿剌伯的烟具都不同,确可以算是一种国粹,倘使背着周游世界,一定会有人看,但我想,除了送一点进博物馆之外,其余的是大可以毁掉的了。还有一群姨太太,也大以请她们各自走散为是,要不然,"拿来主义"怕未免有些危机。

总之,我们要拿来。我们要或使用,或存放,或毁灭。那么,主人是新主人,宅子也就会成为新宅子。

然而首先要这人沉着,勇猛,有辨别,不自私。没有拿来的,人不能自成为新人,没有拿来的,文艺不能自成为新文艺。

         六月四日。

中国人失掉自信力了吗

从公开的文字上看起来:两年以前,我们总自夸着"地大物博",是事实;不久就不再自夸了,只希望着国联,也是事实;现在是既不夸自己,也不信国联,改为一味求神拜佛,怀古伤今了——却也是事实。

于是有人慨叹曰:中国人失掉自信力了。

如果单据这一点现象而论,自信其实是早就失掉了的。先前信"地",信"物",后来信"国联",都没有相信过"自己"。假使这也算一种"信",那也只能说中国人曾经有过"他信力",自从对国联失望之后,便把这他信力都失掉了。

失掉了他信力,就会疑,一个转身,也许能够只相信了自己,倒是一条新生路,但不幸的是逐渐玄虚起来了。信"地"和"物",还是切实的东西,国联就渺茫,不过这还可以令人不久就省悟到依赖它的不可靠。一到求神拜佛,可就玄虚之至了,有益或是有害,一时就找不出分明的结果来,它可以令人更长久的麻醉着自己。

中国人现在是在发展着"自欺力"。

"自欺"也并非现在的新东西,现在只不过日见其明显,笼罩了一切罢了。然而,在这笼罩之下,我们有并不失掉自信力的中国人在。

我们从古以来,就有埋头苦干的人,有拼命硬干的人,有为民请命的人,有舍身求法的人,……虽是等于为帝王将相作家谱的所谓"正史",也往往掩不住他们的光耀,这就是中国的脊梁。

这一类的人们,就是现在也何尝少呢?他们有确信,不自欺;他们在前仆后继的战斗,不过一面总在被摧残,被抹杀,消灭于黑暗中,不能为大家所知道罢了。说中国人失掉了自信力,用以指一部分人则可,倘若加于全体,那简直是诬蔑。

要论中国人,必须不被搽在表面的自欺欺人的脂粉所诓骗,却看看他的筋骨和脊梁。自信力的有无,状元宰相的文章是不足为据的,要自己去看地底下。

九月二十五日。

文坛三户

　　二十年来,中国已经有了一些作家,多少作品,而且至今还没有完结,所以有个"文坛",是毫无可疑的。不过搬出去开博览会,却还得顾虑一下。

　　因为文字的难,学校的少,我们的作家里面,恐怕未必有村姑变成的才女,牧童化出的文豪。古时候听说有过一面看牛牧羊,一面读经,终于成了学者的人的,但现在恐怕未必有。——我说了两回"恐怕未必",倘真有例外的天才,尚希鉴原为幸。要之,凡有弄弄笔墨的人们,他先前总有一点凭借:不是祖遗的正在少下去的钱,就是父积的还在多起来的钱。要不然,他就无缘读书识字。现在虽然有了识字运动,我也不相信能够由此运出作家来。所以这文坛,从阴暗这方面看起来,暂时大约还要被两大类子弟,就是"破落户"和"暴发户"所占据。

已非暴发,又未破落的,自然也颇有出些著作的人,但这并非第三种,不近于甲,即近于乙的,至于掏腰包印书,仗爹资出版者,那是文坛上的捐班,更不在本论范围之内。所以要说专仗笔墨的作者,首先还得求之于破落户中。他先世也许暴发过,但现在是文雅胜于算盘,家景大不如意了,然而又因此看见世态的炎凉,人生的苦乐,于是真的有些抚今追昔,"缠绵悱恻"起来。一叹天时不良,二叹地理可恶,三叹自己无能。但这无能又并非真无能,乃是自己不屑有能,所以这无能的高尚,倒远在有能之上。你们剑拔弩张,汗流浃背,到底做成了些什么呢?惟我的颓唐相,是

"十年一觉扬州梦",惟我的破衣上,是"襟上杭州旧酒痕",连懒态和污渍,也都有历史的甚深意义的。可惜俗人不懂得,于是他们的杰作上,就大抵放射着一种特别的神彩,是:"顾影自怜"。

暴发户作家的作品,表面上和破落户的并无不同。因为他意在用墨水洗去铜臭,这才爬上一向为破落户所主宰的文坛来,以自附于"风雅之林",又并不想另树一帜,因此也决不标新立异。但仔细一看,却是属于别一本户口册上的;他究竟显得浅薄,而且装腔,学样。房里会有断句的诸子,看不懂;案头也会有石印的骈文,读不断。也会嚷"襟上杭州旧酒痕"呀,但一面又怕别人疑心他穿破衣,总得设法表示他所穿的乃是笔挺的洋服或簇新的绸衫;也会说"十年一觉扬州梦"的,但其实倒是并不挥霍的好品行,因为暴发户之于金钱,觉得比懒态和污渍更有历史的甚深的意义。破落户的颓唐,是掉下来的悲声,暴发户的做作的颓唐,却是"爬上去"的手段。所以那些作品,即使摹拟到和破落户的杰作几乎相同,但一定还差一尘:他其实并不"顾影自怜",倒在"沾沾自喜"。

这"沾沾自喜"的神情,从破落户的眼睛看来,就是所谓"小家子相",也就是所谓"俗"。风雅的定律,一个人离开"本色",是就要"俗"的。不识字人不算俗,他要掉文,又掉不对,就俗;富家儿郎也不算俗,他要做诗,又做不好,就俗了。这在文坛上,向来为破落户所鄙弃。

然而破落户到了破落不堪的时候,这两户却有时可以交融起来的。如果谁有在找"词汇"的《文选》,大可以查一查,我记得里面就有一篇弹文,所弹的乃是一个败落的世家,把女儿嫁给了暴发而冒充世家的满家子:这就足见两户的怎样反拨,也怎样的联合了。文坛上自然也有这现象;但在作品上的影响,却不过使暴发户增添一些得意之色,破落户则对于"俗"变为谦和,向别方面大谈其风雅而已:并不怎么大。

暴发户爬上文坛,固然未能免俗,历时既久,一面持筹握算,一面诵诗读书,数代以后,就雅起来,待到藏书日多,藏钱日少的时候,便有做真的破落户文学的资格了。然而时势的飞速的变化,有时能不给他这许多修养的工夫,于是暴发不久,破落随之,既"沾沾自喜",也"顾影自怜",但却又失去了"沾沾自喜"的确信,可又还没有配得"顾影自怜"的风姿,仅存无聊,连古之所谓雅俗也说不上了。向来无定名,我姑且名之为"破落暴发户"罢。这一户,此后是恐怕要多起来的。但还要有变化:向积极方面走,是恶少;向消极方面走,是瘪三。

使中国的文学有起色的人,在这三户之外。

六月六日。

不求甚解

文章一定要有注解，尤其是世界要人的文章。有些文学家自己做的文章还要自己来注释，觉得很麻烦。至于世界要人就不然，他们有的是秘书，或是私淑弟子，替他们来做注释的工作。然而另外有一种文章，却是注释不得的。

譬如说，世界第一要人美国总统发表了"和平"宣言，据说是要禁止各国军队越出国境。但是，注释家立刻就说："至于美国之驻兵于中国，则为条约所许，故不在罗斯福总统所提议之禁止内"（十六日路透社华盛顿电)。再看罗氏的原文:"世界各国应参加一庄严而确切之不侵犯公约,及重行庄严声明其限制及减少军备之义务,并在签约各国能忠实履行其义务时,各自承允不派遣任何性质之武装军队越出国境。"要是认真注解起来,这其实是说:凡是不"确切",不"庄严",并不"自己承允"的国家,尽可以派遣任何性质的军队越出国境。至少,中国人且慢高兴,照这样解释,日本军队的越出国境,理由还是十足的;何况连美国自己驻在中国的军队,也早已声明是"不在此例"了。可是,这种认真的注释是叫人扫兴的。

再则,像"誓不签订辱国条约"一句经文,也早已有了不少传注。传曰:"对日妥协,现在无人敢言,亦无人敢行。"这里,主要的是一个"敢"字。但是:签订条约有敢与不敢的分别,这是拿笔杆的人的事,而拿枪杆的人却用不着研究敢与不敢的为难问题——缩短防线,诱敌深入之类的策略是用不着签订的。就是拿笔杆的人也不至于只会签字，假使这样，未免太低能。所以又有一说，谓之"一面交涉"。于是乎注疏就来了："以不承认为责任者之第三者，用不合理之方法，以口头交涉……清算无益之抗日。"这是日本电通社的消息。这种泄漏天机的注解也是十分讨厌的，因此，这不会不是日本人的"造谣"。

总之，这类文章浑沌一体，最妙是不用注解，尤其是那种使人扫兴或讨厌的注解。

小时候读书讲到陶渊明的"好读书不求甚解"，先生就给我讲了，他说："不求甚解"者，就是不去看注解，而只读本文的意思。注解虽有，确有人不愿意我们去看的。

五月十八日。

《如此广州》读后感

越客

前几天,《自由谈》上有一篇《如此广州》,引据那边的报章,记店家做起玄坛和李逵的大像来,眼睛里嵌上电灯,以镇压对面的老虎招牌,真写得有声有色。自然,那目的,是在对于广州人的迷信,加以讥刺的。

广东人的迷信似乎确也很不小,走过上海五方杂处的衖堂,只要看毕毕剥剥在那里放鞭炮的,大门外的地上点着香烛的,十之九总是广东人,这很可以使新党叹气。然而广东人的迷信却迷信得认真,有魄力,即如那玄坛和李逵大像,恐怕就非百来块钱不办。汉求明珠,吴征大象,中原人历来总到广东去刮宝贝,好像到现在也还没有被刮穷,为了对付假老虎,也能出这许多力。要不然,那就是拼命,这却又可见那迷信之认真。

其实,中国人谁没有迷信,只是那迷信迷得没出息了,所以别人倒不注意。譬如罢,对面有了老虎招牌,大抵的店家,是总要不舒服的。不过,倘在江浙,恐怕就不肯这样的出死力来斗争,他们会只化一个铜元买一条红纸,写上"姜太公在此百无禁忌"或"泰山石敢当",悄悄的贴起来,就如此的安身立命。迷信还是迷信,但迷得多少小家子相,毫无生气,奄奄一息,他连做《自由谈》的材料也不给你。

与其迷信,模胡不如认真。倘若相信鬼还要用钱,我赞成北宋人似的索性将铜钱埋到地里去,现在那么的烧几个纸锭,却已经不但是骗别人,骗自己,而且简直是骗鬼了。中国有许多事情都只剩下一个空名和假样,就为了不认真的缘故。

广州人的迷信,是不足为法的,但那认真,是可以取法,值得佩服的。

二月四日。

骂杀与捧杀

阿法

现在有些不满于文学批评的,总说近几年的所谓批评,不外乎捧与骂。

其实所谓捧与骂者,不过是将称赞与攻击,换了两个不好看的字眼。指英雄为英雄,说娼妇是娼妇,表面上虽像捧与骂,实则说得刚刚合式,不能责备批评家的。批评家的错处,是在乱骂与乱捧,例如说英雄是娼妇,举娼妇为英雄。

批评的失了威力,由于"乱",甚而至于"乱"到和事实相反,这底细一被大家看出,那效果有时也就相反了。所以现在被骂杀的少,被捧杀的却多。

人古而事近的,就是袁中郎。这一班明末的作家,在文学史上,是自有他们的价值和地位的。而不幸被一群学者们捧了出来,颂扬,标点,印刷,"色借,日月借,烛借,青黄借,眼色无常。声借,钟鼓借,枯竹窍借……""借"得他一榻胡涂,正如在中郎脸上,画上花脸,却指给大家看,啧啧赞叹道:"看哪,这多么'性灵'呀!"对于中郎的本质,自然是并无关系的,但在未经别人将花脸洗清之前,这"中郎"总不免招人好笑,大触其霉头。

人近而事古的,我记起了泰戈尔。他到中国来了,开坛讲演,人给他摆出一张琴,烧上一炉香,左有林长民,右有徐志摩,各各头戴印度帽。徐诗人开始介绍了:"唵!叽哩咕噜,白云清风,银磬……当!"说得他好像活神仙一样,于是我们的地上的青年们失望,离开了。神仙和凡人,怎能不离开呢?但我今年看见他论苏联的文章,自己声明道:"我是一个英国治下的印度人。"他自己知道得明明白白。大约他到中国来的时候,决不至于还胡涂,如果我们的诗人诸公不将他制成一个活神仙,青年们对于他是不至于如此隔膜的。现在可是老大的晦气。

以学者或诗人的招牌,来批评或介绍一个作者,开初是很能够蒙混旁人的,但待到旁人看清了这作者的真相的时候,却只剩了他自己的不诚恳,或学识的不够了。然而如果没有旁人来指明真相呢,这作家就从此被捧杀,不知道要多少年后才翻身。

十一月十九日。